犀牛

周瑟瑟诗选 1985—2017

周瑟瑟 著

天星诗库·新世纪实力诗人代表作

山西出版传媒集团

北岳文艺出版社
·太原·

图书在版编目(CIP)数据

犀牛：周瑟瑟诗选 1985—2017 / 周瑟瑟著. —太原：北岳文艺出版社，2019.3
ISBN 978-7-5378-5479-5

Ⅰ.①犀… Ⅱ.①周… Ⅲ.①诗集–中国–当代 Ⅳ.①I227

中国版本图书馆 CIP 数据核字(2017)第 306947 号

犀牛：周瑟瑟诗选 1985—2017

周瑟瑟◎著

策划
刘文飞

责任编辑
刘文飞

助理编辑
赵雪

封面设计
张永文

印装监制
巩璠

出版发行：山西出版传媒集团·北岳文艺出版社
地址：山西省太原市并州南路 57 号　邮编：030012
电话：0351-5628696（发行部）　0351-5628688（总编室）
传真：0351-5628680
网址：http://www.bywy.com　E-mail：bywycbs@163.com
印刷装订：山西人民印刷有限责任公司

开本：787mm×1092mm　1/32
字数：225 千字
印张：7.75
版次：2019 年 3 月 第 1 版
印次：2025 年 1 月山西第 2 次印刷
书号：ISBN 978-7-5378-5479-5
定价：49.80 元

本书版权为本社独家所有，未经本社同意不得转载、摘编或复制

犀牛写作

◎周瑟瑟

　　人一生能写多少诗？可能有几百首几千首，也可能只有为数不多的几十首。单纯讲多少首，而不讲这些诗是怎么写出来的，并没有什么意义。到现在为止，我到底写了多少首诗，我没有统计。在没有电脑的年代，大部分手稿已经找不到了，找不到就算了，后来有了电脑，但常会有电脑或硬盘坏了的情况，丢掉一些作品是理所当然的，丢了就丢了，我并不在意。不记得自己写过的某一首诗，这样的事我有过，前几天成都诗人陶春发给我一首诗，问是不是我的诗，我读后觉得像我的作品，但并不十分确定，我问他哪儿来的，他说是诗人易杉从微信公号上选的，陶春要我确认，我最后告诉他这至少是我不要了的诗。我十年前的诗，写了就丢一边。面对过去的作品，我的态度是能丢就丢，没有收入诗集固定下来，那它的命运是遗忘。

　　遗忘自己的诗，并不意味着遗忘自我，我注重写，写作时诗已经给过我享受，我为什么还要期望诗再给我更多，写出来的诗自有其命运，作者不必关心作品的未来，再说诗写出后也并不属于你自己。遗忘它，用纸写作的年代，一个书生拎着作品跑到惜字塔下，把自己辛辛苦苦写的东西趁着天黑时烧了，我在成都街子镇就看到过一座千年焚纸塔,在我老家樟树中学前面不远处也有一座塔,我曾经进去过,那些古代读书人,他们习惯于烧了自己的纸片儿,而我们走在现代性的路上,反而无比珍惜自己的每一个字,恨不得要流传千古,越是把自己当一回事,越不是一回事。我觉得写作主要在写作时的快感,除此没有什么更多的理由,你想通过写作告诉他人一点什么,其实你那点东西别人未必需要,也未必能够接受。尤其是诗,对于写诗人来说,各人有各人的写法,你不要轻易以你的写法否定他人的写法,也不要以为他人的写法就是错的。至于读者,读者自有其命运,作者不必代劳。这是一个相对主义的世界,全是自我的结果。

我在意的是我能写出什么样的诗。《犀牛》这部诗集是此前我写的诗,总体来看,我还比较满意,每一阶段都有可以收入选集的作品。有很多年我是一个业余作者,不像一些人,他们比我要职业化,要投入更多的时间与精力在写作这件事上,我有几年完全转向写小说与影视剧本,但现在从这部诗选来看,我还是一个勤奋的作者。

跟别人说诗要怎么写,基本是无效的,我只跟自己说诗要这样写。

第一,贴着自己的语言写,每个人的语言是不同的,有的人快言快语,有的人吞吞吐吐,有的人慷慨激昂,有的人温柔委婉,这都是语言的个性,无可厚非。写作是个性的全部体现,不真实的写作者除外。有的人生活中是一个样子,写作时是另外一个样子,分裂的状态不是外人能搞得清楚的。我只保证我是一个什么样的写作者,我手写我口,我手写我心,写作这事一点儿都不复杂。语言是谁也无法绕过的，选择什么样的语言，或选择用什么样的语言状态写作，决定了你是一个什么样的写作者。我是这样说话，那我就这样写，你是那样说话，那你就用那样的方式写，其写作结果肯定不一样。胡适的方法是"话怎么说，诗就怎么写"，我也是如此。我提出过"原诗"写作方式，就是基于这样的理解。

第二，诗可以是非诗，非诗也可以是诗。诗的边界，不是别人设定的，是你的心灵能够达到的边界，你能走到别人达不到的地方，找到你的诗，那才是你走出人群的那一天。我想走到人群之外写诗，我试着这样干。《犀牛》的路线，就是我不断走向人群之外的路线。近年，我终于走出了人群，我终于孤独地写作。我不用考虑你的感受，我写我的，你写你的，你读你的，与我没有什么关系。我是我，我只能是我，我不可能是你，我也代替不了你写作，你读出什么感受那是诗的命运，我无力掌握。如果我写出了在你看来的非诗，那正是我所求。

第三，走到哪儿写到哪儿，以自己对待语言的方式写作，以顺从内心的需要自动写作，不要预谋，这是我公开的秘密，我没有秘密，要说秘密那一定还在写作实践中没有成形。过去的写作是趴在书桌上的结果，现在我试图解放自己，像古代诗人那样走向户外，走到荒郊野外，走到你不熟悉的地方，路边野餐最好，把陌生的全部写下来，只要看到陌生的东西，我就兴奋。我希望自己始终处于生活现场，鲜活的现场是我的另一个秘密。谁还在书页里写作谁就是僵死的，谁看不起野外的写作谁就是可怜虫。此话有点狠，但是真话。预谋的写作由来已久，但我愿意自动写作，走到哪儿写到哪儿实在太爽了。如果长久关在屋子里，我会发疯，写作就是在新鲜空气里自由呼吸。生命的意义体现在你是否充分行使你自由写作的权利，我希望自己像那只犀牛，喷着浓重的鼻息，我是粗野的，我踩扁了野花，溅起了稀里哗啦的泥水，遇到大河我直接冲下去，我让自己更加直接、粗野，不要小心翼翼，我打破常规，也不要规规矩矩，我当然拒绝任何的规劝，哪怕是善意的规劝。

孤独求败，也是我自找的，我所渴望的。这就是我说的"犀牛写作"。

2017 年 12 月 5 日　北京树下

目 录

第一辑 犀牛（1985—1989年）

002　和一匹马相处

003　木梯

005　犀牛

006　洞庭湖一带的女子

007　冬天不恋爱

008　穷人的女儿

009　老人

第二辑 一天（1990—1999年）

012　哀伤和铁器

013　生活

014　狂暴的手

015　昆虫

016　一天
017　忧伤
018　蜥蜴
019　獭
020　狂风暴雨
022　鹧鸪
024　路过马家庄
025　豆子

第三辑　薄荷薄荷（2000－2008年）

028　湖南大雪，野兽尽孝
030　松树下
031　菜花开
032　草枯了
034　杀猪佬之歌
035　屈原哭了
037　疲惫之歌
040　薄荷薄荷
041　遇见白头翁
042　拔萝卜
043　朋友之死
045　蝙蝠

第四辑 咕咕（2009年）

048　性本爱丘山
049　水库
050　水仙道院
054　鹁鸪
056　水电站
057　咕咕
058　蟒蛇
061　野猪
063　一朵棉花
065　私有制

第五辑 梦中鹤（2010－2015年）

070　睡在父亲离世的床上
075　林中鸟
076　梦中鹤
077　一场大雨淋湿了我
079　秘密的生活
081　故乡拷
082　灵境胡同

第六辑　最后的体温（2016年）

086　一个男人在马路边大声喊
087　打洞
088　我的同学
089　鸽子
090　一共五个人
092　人群中总有一个好看的
094　早晨的树林
096　飞机悬在半空
098　洗衣机里的小孩
100　红灯那边的人
101　她的礼貌
102　陌生的小孩
104　妈妈
105　一直升到天上去
106　另一种爱
107　继续死
108　秋刀鱼
109　蛇皮
110　缅甸的竖琴
111　你带来青木瓜

112　动物园

113　晚稻

114　雨的故乡

115　乳白色的空气

116　我想养条狗

118　白塔

120　老挝大雨

122　雪地上的神

123　鞋子里冒烟

125　最后的体温

126　死亡的翅膀

127　孤哀子泣念

128　请原谅我不祝你新年快乐

第七辑　桃青李白（2017年）

130　所有逝去的……

131　小镇

132　肉案

133　打虎英雄

136　周氏族谱

138　眼镜片上有盐

139　棕熊

140	黑寡妇
141	摇椅
142	花椒树
144	老虎
145	鹤女
146	手电筒
147	风速
148	浴缸
150	野鸡
152	敬亭山
153	犹太人
154	逃难人群中的白马
156	抹香鲸
158	伊斯坦布尔的马
159	鹿园春秋
162	布朗山乡
164	去长白山的人
165	海豚
167	吃蜜蜂
168	无量山
170	鹤的少年
171	天亮了
172	倒塌的厨房

173	蛇
175	竹林
177	晚霞
179	栗山鹧鸪
181	暴雨将至
183	蜜蜂
185	木箱
187	米
188	畜道
190	在正桃家吃饭
192	港边上
194	青苗庙
196	鱼的身材有多好
198	九棵树
200	辣椒悄悄生长
202	苔藓
203	帆船
205	海宁救熄会
206	梅妻鹤子
207	大海告诉我
208	海洋改变人类
210	水兵俱乐部
212	下午的事

213 桃青李白
214 鸡叫鸟叫
215 小镇邮局
216 左宗棠
218 牛犊
220 英德茶场
222 丹霞山
223 消失的人
225 周敦颐
226 新赣南月刊
228 建春门
230 干鱼
231 大河

第一辑 犀牛
（1985-1989年）

和一匹马相处

思想的缰绳系在心上
谁能驯服我
谁就是主人
谁就是马的一部分
靠内心的影子渡过河水
为穷人运送金子
为地主运送黑脸强盗
一个智者远离人群
借助我的哀鸣传达良心
传达日出的声音

1989 年

木梯

把我的想象竖起又倾斜
支靠在故乡颤抖的土墙上

我要把粮食藏上暗楼
我要把姐姐的嫁妆堆到厢房

在木梯的阴影里我的双眼顿放光亮
我看到上下翻飞的家禽弄出清脆的声响

我从小就习惯扮演真实的捕捉者
把十二级木梯拆散又装上

如今的幻觉却叫我胸口发痛
双腿在木梯上颤抖到天亮

噢！我要下到少年的院落
把清贫的积雪堆到鸟的唇边

我的幻觉来自木梯的倾倒
它十年的晕眩仿佛一只公鸡的鸣叫

潮湿的堂屋里散满了带血的羽毛
我在少年就追念祖宗的恩德

跪下又张开的是木梯
是祭祀时窃窃的吟唱

沉默的木梯,几代人的搀扶
父亲的呵斥把我镇住,把我从幻觉中惊醒

快快烧掉木梯的影子和我零乱的想象
它断送了我少年的前途

我不能不再搬动你发黑的灰烬
我不能不再折断欲望的出路

1989 年

犀牛

动词与虚词之间的探险者
一声不响穿过沉闷的沼泽
像雄壮的音乐无人倾听

你的耳朵被寂静包围
又在侧卧里变得烦躁

突然的奔跑充满了灵性
皮毛被寒冷拖得发亮
向暴雨中心猛踢一脚
闪电划破了森林

踏踩大地,仿佛绝望
秘密的金子,细小的野花
它视而不见,沿着原始的足迹

犀牛从大气里走过
它的咆哮被自身的气息冲淡

1988 年

洞庭湖一带的女子

洞庭湖一带的女子
喝着喝着水
就叫了一声哥哥

多美的水
多美的水鸟
服饰洁净
心比天高
在故乡自由飞翔

洞庭湖一带的女子
把水与水鸟
都叫作哥哥

1987 年

冬天不恋爱

冬天不恋爱
我要上山去打鸟

鸟坐在树上睡了
我坐在悬崖上难以入眠
这样的时刻一生中不会很多
我朝天连放两枪
像鸟一样大笑

鸟一只只从我的肩上走过
我不忍心伤害她们
她们也许知道我付出多大的代价
才在空寂的山中
既不恋爱
又纯粹地盘腿而坐
让雪落满一身

1986 年

穷人的女儿

在高高的蓝天下歌唱
蓝天越来越近
穷人的女儿,越来越温柔
身后的羊群洁白
正如伴随她多年的爱情
移向温暖的草原深处
平和的心情缓缓展开
三月的风吹动了花草
让我看清了她的美貌
善良的意图,淡淡的忧郁
从单薄的衣裙上闪过
这是多么平凡的日子
穷人的女儿在歌唱
我无限热爱的只是穷人
我不断感恩的也只是生活本身

1985 年

老人

怀中的酒葫向更深处隐藏
黑色的斗篷仿佛一团漂泊的雾

在高高的悬崖上打坐
把你的一生
交付给那只盘旋的鹰
像锋利的尖刀,大叫一声
消失在天空
又滑向寂静的峡谷

你的想象已超过尘土
所到之处无不惊起仙鹤

1985 年

扁舟不獨如張翰
皂帽還應似管寧

丁酉雲山翁寫于南書於京華

第二辑　一天
（1990-1999年）

哀伤和铁器

在黎明的河水中我濯洗黑夜的衣衫
最初的哀伤和铁器
被流水截住,在腐烂的菜叶和倒影之间
我濯洗疼痛的双眼
沙哑的情歌在河水的急转弯处沉浮
那音调,在生命的泥沙里冲突
我的生命啊,像流水不能持久
像黑夜和黎明不能挽留

向河中抛弃动物的尸体
一声坚定的击水声,好像水怪冲出了水面
我是哀伤的榜样,手握斧柄
砍下黑夜里悲泣的白浪

1999 年

生活

乌鸦飞过晴空,生活被阴影翻过
手捧鲜花的僧侣撞开了老家的大门
呵抓住他,一个幻想的叛逆者,一个丑陋的瓮
在乡间流荡的苦水,被他带走
他还偷了玉米、谷米、一件黑衣
在路上走,在眺望
我们的老家,风啊向他吹
生活已经来到,但又远去
被赶走,被寒冷的大道赶走
不要梦见金子闪闪发光,它不发光
不要歌唱蓝花怒放,它不怒放
我们的生活,噢,我们的生活
它还在回忆,还在黑夜的雨水里清洗嫁妆
一块红布盖着姑娘的红脸
咦呀,盖着姑娘的红脸
僧侣啊,你不要来,不要来
我们的头颅仰起,有何悲哀,有何痛楚

1998 年

狂暴的手

狂暴的手哀哭我其他血肉
它们逐年松弛,仿佛绝望
被泪水浸泡
在月光里清洗骨头
我要遗弃它
回到故乡,用这双狂暴的手
打开祖父腐烂的粮仓
当年之怒已经平息
七月的雨落在牛栏上
三十年的日子挥手即逝
我们在他乡漫游,边走边哭
狂暴的右手提在左手中
蓝花怒放,黑色铺满了山冈
最后一场风暴刮走沉睡的牧场

1998 年

昆虫

白色的预言家
使一片草丛充满了阴谋
使阴天变得更晦暗

我是一个在屋子里寻找乐趣的人
不能把细致的事物观察到底
我手上的工具
甚至使我的劳作更迟缓
比昆虫的移动还缺少想象

我热爱昆虫的触角
它们是真实而细小的
在与我的诗相抵触的时候
我反省了一生

1997 年

一天

我在一天中看到的亮色
大面积倾泻的红布,与一张苍白的脸

在一天中,我违心的谎言,堆到门庭里的旧报纸
我在一圈绳子里理牌,红桃 K

一只黑手
一天的全部罪恶,在紫檀木的桌上翻到公告

与世俗无关的是被传抄的理想
大师的境地通过更深的亮色看到

一天的全部恩典,一天的眺望
在一瞬间被一张红桃 K 取消

1996 年

忧伤

在忧伤的情歌里
我目睹俄罗斯的女儿在一桶一桶地提水

她是如此伤心而动人
这一切胜过十二月的灰烬

我是如此的羞愧而痛心
满地的落叶盖住悲惨的面容

北风刮走异乡的马车
我听见人民的声音被碾碎

忧伤的俄罗斯啊
忧伤从来不怕变得更忧伤

1995 年

蜥蜴

蜥蜴是友好而无辜的一道暗伤,为忧郁所留
它对我意味着忍耐和更持久的宽容

蜥蜴同时表达了我对光的爱恋,对血的渴望
在寒冷的深秋,蜥蜴在寻找我的床榻

1994 年

獭

坐在木桶里回家,它的叫声忧郁而古怪
夜行的弃妇双手抱住河滩

獭是一个黝黑的幻想,在浮肿的大脑里
它的前腿趴在发亮的波涛上

它还是幼小的!细小的眼睛闭着又睁开
皮毛在阳光下一一竖起

獭的气息向整个河流扩散
獭集中了喧哗与沉寂,它是最暴烈的挣扎

夜行的弃妇最后看到獭的时候
那只神秘的木桶已从河水里消失

1993 年

狂风暴雨

抒情的仕郎,葬花的织娘
我飞奔的命运还没到尽头

狂风束紧我的腰带
暴雨解开我的裤头

月夜里的风沙,悲剧上的走石
我青春的诵读黑影一片

快快起床藏起昨夜的暗香
我要被狂风拖到美的刑场

清晨的鸟群飞乱我怨恨的面庞
暴雨又来清洗我的情床

不绝的打扰像无聊的刺客
脆弱的情欲也快没有了力量

1993年

兼資文成高隱
離佩琚抱古香

丁酉季夏栗山种愁三書

鹧鸪

森林里的隐士，我睡梦中的过客
这真实的写作得不到你的应和

你沉闷的呼叫穿过了丛林和昏暗的午夜
我的惊慌从书页弹跳到树梢

假如我不从诗行里脱颖而出
你黝黑的身影带不走我今夜的呻吟

秘密的梦呓，河滩上疾行的趾爪
短小的翅膀把影子投靠到我的额上

仿佛羞愧的布道者，比梦呓更秘密的鹧鸪
比我的双眼更黑的收缩和飞旋

我的扑倒激起森林的风暴
我是一个笨拙的猎手翻过了山冈

我分不清你是在逃跑，还是不真实的诱导
我的追随是抽象的，又恍若一梦

我脱下黑夜的睡袍,把心跳数了又数
我不是使者你更不是神秘的君王

这曲折的距离为何把你我阻挡
我渴望的只是你的气息,只是你断续的叫唤

我的幻觉把你悬到了半空
你短暂的飞翔被我的心绊倒

我不是幽灵,你不是空想
你的孤寂是岩石的滚动,但不发出嘹亮的歌唱

我只是诗歌的穷人,你是理想的寒士
我只是在文字里找寻,你在阴影里躲藏

一个是青春的忧伤,另一个是暮年的感动
在遗弃的森林里我抱紧了鹧鸪的翅膀

1993 年

路过马家庄

路过马家庄,冬降临
马的前蹄插入河水
时光清澈

士卒在喝大碗的谷酒
情郎在唤新娘
樵夫在砍一棵大树
女人在篱笆后晒太阳

年迈的圣者眼里亮着烛光
打着智慧的手势
雪融的声音在额头晃荡

马的前蹄插入河水
马说这是它前世的家乡

1991 年

豆子

人群中的一分子
从眼里滚落是泪珠
从大脑渗出是思想
从手心跳下是豆子
一个叫丁当
一个叫陈东东
好听的声音
豆子遇见豆子的声音
在草丛中出没
喝酒又跳舞
诗歌混入豆子
好客又热闹
亲爱的读者
亲爱的陌生人
诗人什么也不保留
吃完豆子
就只有一豆灯火

1990 年

第三辑　薄荷薄荷

（2000–2008 年）

湖南大雪，野兽尽孝

老妈妈的手机断电两天，我半夜惊醒
梦见三十年前我在湖南追赶一只逃命的野兽
它跛足，长毛的嘴边呼出热气
它那时的年龄与我现在相仿，奔跑起来已经很吃力

昨夜我听到少年野兽发出中年的喘气声
老妈妈病了，大雪封了湖南
我抓着电话发出野兽一样的喘气

雪灾之年听老妈妈在湖南呻吟
跛足的野兽像异乡的游子，踩着冰
披着一身大雪撞开老屋的柴门，低头抽泣
泪水挂满了瘦长的脸

湖南冰天雪地，野兽静坐于老妈妈的床头
替我尽孝，野兽啊我们是少年的敌人
到了中年我才知道故乡的野兽多么善良

父亲从教职退休后开始了迅速的衰老
那一年我们父子从山林带回迷途的野兽
围着火炉听雪落在屋顶上，野兽低头

像做错了事的少年侧卧在火炉旁

三十年过去了,我在京城夜读《史记》
故乡的父母早早入睡,人老了睡得就早
野兽穿过五十年不遇的大雪,在屋前的水塘边
舔了舔冒着热气的舌头,像我一样突然发出低沉的哭叫

2008年2月2日南方雪灾

松树下

松树下,肉身衰老
散发山中老虎逃脱世事的味道
野兽沉默如我的亲人,我生气的父亲
进了深山

冬天多事,心中的怨气平静
进了深山。我的头颅在鸟声中清洗了三遍
在松树下裸体,做爱的念头早就没有了
做人的念头也淡了

清风的教诲,松树的恩情
我不可能全部领悟,我的须发全白
痛楚全没了。只有爱,只有爱的浮云
在山谷呜呜奔跑
好像我是个负心郎,人世的不孝之子

2007 年 1 月 2 日

菜花开

菜花开在后院,我心中喜悦
菜花悄悄开,我慢慢发觉
我正在变老,变得比少年时老

黄的菜花让我喜悦
白的菜花让我喜悦
紫的菜花让我喜悦

聒噪的虫子卷曲肉身
它们与我一样充满了喜悦
后院的菜花仿佛年幼的少年
有的低着头,有的抬起头

我坐在书房里一天天变老
菜花来到我面前,邀我到后院
与它们一起低头,然后抬头
小声问我:喜悦吗?你不喜悦吗?

我是喜悦的,因为我与你们在一起

2007 年 8 月

草枯了

草枯了,秋天像个出家的人,在郊外走
落叶在脚下燃烧,我想起了外省焦虑的兄弟
是否看见我清瘦的面容像一丛枯草?

草枯了,身上的布衣散发泥土味
粗茶淡饭,世事纷争与我无关
那些急急忙忙在天上乱飞的鸟,与世事无关
那些可怜的果子在树枝上晃动,与世事无关

草枯了,我渐渐感到凉意像刀子在夜里割我的喉结
想说的话咽了又咽,不说
运草的拖拉机突突突在王府大街多么傲慢
我越来越谦和,看到强盗还以为他是可怜的人
看到回家的倦鸟,还以为是浪荡的游子

草枯了,心中似有隐情无从倾吐
运草的拖拉机仿如我的灵魂,在突突突地叫喊
而我的肉身在午睡

草枯了,草的泪水也枯了
我的泪像小溪一样饱满、清澈

因为我不曾怀恨,青草枯了
大地变凉,我有衰老的心愿

2007 年 11 月

杀猪佬之歌

杀猪佬半夜起床磨刀,背着沉重的木桶
从洞庭湖边走过,他也算半个武功高强的艺人
学鲁智深,怒气冲天
《水浒传》沾满猪血,湘北的肉香飘出好几里

像做了亏心事,三十年脸上都露着凶光
杀一只与杀一千只又有何区别?
善有善报,恶有恶报,你的善良深藏不露
恶却沾满了猪毛

湘北的肉香飘出好几里
生死轮回,你咽气的那一刻
杀猪刀搁在床边冒出热气,啊拿开!啊
没有不死的万物,你的叫声怒气冲天
慢慢就没有了喘气

2006 年 1 月 30 日

屈原哭了

很多年我都是携妻带子从汨罗下火车,天色微暗
很多年我都是从黎明的汨罗江上过,江水泛着泡沫

每次我都看见屈原坐在汨罗江边哭
我不敢低头,我一低头酸楚的泪就会掉下来
那几年我活得多苦啊,现在境况稍有好转

但内心还是不能忍受屈原坐在汨罗江边哭
我一下火车,他就跟着我,要我告诉他《离骚》之外的事
我支支吾吾只是叹息,"我想念故乡的亲人
我想念在江边哭泣的你……"

除此,我不能抱怨人生多险恶
家国多灾难,我只能默默从汨罗江上走过
像所有离家的游子,我红着脸在故乡的大地眺望

我看见死而复生的屈原
我看见饥饿的父亲代替屈原在故乡哭
他终于见到了漂泊的骨肉,儿啊一声哭

一声屈原的哭,一声父亲的哭

把我泛着白色泡沫的心脏猛地抓住
我在汨罗迎面碰到的那个长须老头,他是饥饿的屈原
我衰老的父亲,泪水把脸都流淌白了

2006 年 3 月 12 日

疲惫之歌

细雨纠缠不休,我回故乡
看见燕子在风里上下翻飞
像是情欲勃发的小青年,追随我

我从江湖回来,一身酒气
唱着疲惫之歌,故乡啊不要生我的气
衰老的牛马瞪着双眼,我无言以对

做错的事在心里
溪水窃窃私语,它知道我有悔恨之情
今夜我在溪水里沐浴

看我这身肥肉,多么无奈
老妈妈呀儿子心是您的
儿子的身也是您的

我听到寂静中故乡的对话
这个人怎么又回来了?
他不是迁走了户籍吗?
他的妻儿都是外地人

我要回来吃青菜,吃白米饭
我要坐在黄昏的土灶边,偎依在老妈妈身上
让柴火照亮我疲惫的脸

2006 年 6 月 16 日

凌秋白塔擎天立
照水枯荷抱月香

薄荷薄荷

学习古代书生,把薄荷含在嘴里,扶着锄头
种地,幻想世外桃源。九月京城天空渐渐干净
正是吃薄荷的好时候

我嘴里长出薄荷的舌头
美妙而恐惧,割了多嘴之舌
在人世不要惹是生非,在诗坛更要洁身自好
见到小人绕道而走,见到恶人就杀了他,美妙而恐惧

2006 年 9 月 4 日

遇见白头翁

白头翁,亲切的中年人
你与我一样身披秋寒,头顶午夜的露水
脚踩枯枝,在平西府缓缓移动
样子看起来心疼,那一袭羽毛湿了
叫声像孤儿叫哥哥,我听到后惊慌中就答应了

白头翁是昨天午夜在平西府与我相遇
我起床散步,你一跛一跛与我擦肩而过
我听到你叫哥哥,"哥哥呀你怎么流落到了京城?
家里的事你漠不关心,爹娘死了,兄弟失散多年……"

是呀我也是孤身一人,呼唤白头翁
京城渐有寒气,白天晴朗,夜里露水打湿白头翁
入冬后,我与失散的白头翁一起坐在枯树上
一声声叫我们的亲人,一声声哭我们的爹娘

2006 年 10 月 2 日

拔萝卜

小孩子与娘在地里拔萝卜
他赤着双脚,脸上沾了新鲜的泥

白萝卜嫩得让小孩子流口水
天上的飞鸟喳喳叫,太阳缓缓滑落
小孩子拔萝卜,怀着心事

拔了这季萝卜,小孩子能长快点就好了
能帮娘养家就好了,亲娘叹息
抚摸小孩子流血的脚板,不要蹦跳

你看被外乡人卖走的小马一步步离开故乡
小孩子说:"娘,小马低头流泪,喂它吃个萝卜。"

2006 年 10 月 3 日

朋友之死

他活着时没有享福,死了同样不得安宁
这是平常人的命运,我也不例外
只是你先走了几步
我步子太慢,并非不情愿

不情愿的事多着呢,死是不能推却的
就像你一样,你生前做过许多好事
还得过奖状、红花、中过彩票
但生活的经济学本来就是一本糊涂账

我决心把婚姻的牢底坐穿
死者总是祝愿生者活得更长
就是到了阴间也要保持一颗与人为善的心

我当然要祝你直接升到天堂
在地狱停留一两天还是有必要的
罪恶的灵魂是否躺到了油锅上?
奸情败露的人全是小鬼?
偷了保险柜的人与穷苦的人能走到一起吗?
你要看清楚,我急于知道真相
我急于知道我该如何度过余生

如果不是殡葬工把你匆忙推进火炉
我想你一定会坐起来与我道别

你是个热情的人,最终一身火焰
你是个胆小的人,这次大胆如烟
从烟囱里跑了

我还傻站在那里
我亲爱的朋友
我的悲伤是你死的喜悦
我理解所有的死者
但对你就不一样了

我不会愚蠢到去奉承你的美德
清醒的人洗心革面
懦弱的人活着也是多余

2005年11月

蝙蝠

古老的叙述,漆黑的岩洞里秘密的盘旋
这就是蝙蝠,出色的盗盐者
把半夜的梦呓带到厨房,它冷静地推敲盐罐
像渴望老家的游子
蝙蝠倒悬在白昼之外,习惯了夜色的乡村

一张婴儿的红脸,一双苍老的黑翅
在惊恐中显得那样细小,像它尖锐的一叫

蝙蝠本身是黑夜的一部分
它的飞动使黑夜更黑
看不到它痛苦的嘴脸,分不清它滑落的方向
愚笨的儿童捉到一只幼小的蝙蝠
他一夜的梦游充满了吵闹

不要追问蝙蝠的不洁之梦
一对蝙蝠形成了一团黑雾,散发腐败的气息

更多的蝙蝠向黑夜的头颅拥挤
它们的叫声像一罐盐一样变得明亮
孩子们蜷曲的身体在一阵凉气中弹起

潮湿的翅膀紧贴着夜空飞过

蝙蝠是贫穷的,宽大的黑袍包着瘦骨
它引诱了好奇的孩子,在院子里瞎撞

用黑影、尖叫和短爪翻遍了农舍
下半夜飞回岩洞,短暂的厮打
静静地汇聚,黑压压一片
它们以独特的风格悬挂、重叠
像一洞神秘的经典
一架拆散的乌黑的死亡机器

蝙蝠带着人的面具探访了墓穴
它不是鬼魂,它不是乞丐
它觉醒又沉睡,一群纯粹的白昼逃亡者

2000 年

第四辑 咕咕

（2009年）

性本爱丘山

这一生我爱过很多东西
小时候爱拖拉机
它像父亲亢奋的样子
我第一次坐上拖拉机时
我亢奋得像只公鸡
后来我爱呼呼飞跑的单车
骑上单车,后座上的女孩
她淹死后好多年
我还感觉到她的鬼魂
跟着少年的单车疯跑
现在我爱丘山
爱与丘山说话
说我内心的拖拉机
说我胯下的单车
它们笨重如废弃多年的丘山
有风的夜晚
我抱着黑沉沉的丘山散步
陶渊明生锈了
他趴在南山
废弃很多年

2009年6月17日晨

水库

青山中一汪水库

突然一汪水库

突然的青山

必然的碧波

我来到水库

万千白云

它们先于我达到这里

我惊讶他们虚幻的模样

好像喝多了

把水库挤得满满的

青山呆立四周

树木整洁

也好像喝多了

它们一头倒栽下来

溅出无声的水花

鸟像绅士

我看到一群鸟抬起青山

一边飞行一边掉落

2009年6月24日夜

水仙道院

疯狂的水仙在人心里疯长。
人心——我指的是隐士的心。

苏州河水缓缓流过，运送水仙道院的船，
停泊在隐士的指尖——

人心比不过河水静美，
水仙道院倒立，旧时的记忆浮起
一张张臃肿的脸。它们集体撕碎了身段。

院长啊这么年轻，
在月光下跑得飞快，
一不小心就跑到了苏州城外。

锣鼓也追得急，
失魂落魄的追击。
一百多年来逃跑的人又回到苏州，
重现昔日的美景良辰。

他站在水仙道院，
一袭白衣，像一只鹤。

他告诉我：一切都摇摇晃晃。

我连夜赶来，
把水仙道院扛在肩上，
咿咿呀呀吟唱——

"哥哥呀，你走后，
我孤身一人守着三岁侄儿，
教他梵音、锣鼓与腔口。"

时光机器压着我半老的身体，
我听见水仙道院里的年轻人发出
欢乐的叫声，我就知道好时光又回来了。

一湾小小的清水养活了你，
这是人间奇迹。我北上，
与你失之交臂，陌生的客人呀！
你是否是我哥哥的友人？

他留下一封书信，
字迹清秀，是一个女性的手迹，
哦嫂嫂，你还在研究明清史？
还在侄儿的唱腔里寻找游魂？

没有的事呀。我记起你白净的笑脸，

苗条的腰身,尖尖的手指上挂着一串
钥匙。你笑起来像水仙道院压在七月的舌尖。

太热了,你顺手脱下吊带,
挽着我的胳膊,我闻到你身上的水仙味,
小宝你什么时候变得仙风道骨?
什么时候学会妖媚的法术?

我与你的历史在水仙道院,
在苏州河上,
在一条满载时光机器的木船上,
现出了真相。
半年了,你内心的锣鼓,
你脚下的石子,弹起来就碎了。

我跨进水仙道院的门槛,
遇见你跪在风中欢笑,一切都是这么美好!
好像你得道成仙,
可以不听我的劝告。

2009 年 7 月 24 日晨

乱石塞衣坐，危巘侧足过

丁酉夏月栗山慧二书

鹌鹑

我是你的小舅舅,躲在灌木丛中。
那是故乡的夏夜,星星比现在多。

短小的尾巴,下体灰白色。
你摇摇晃晃摸黑走来,叫我鹌鹑鹌鹑——

"天黑了,你还不回家……"
风吹起山坡上的草垛,吹起一层层棕黄色羽毛。

我一边哭一边抱起你,
亲你冰凉的嘴。我骑自行车从樟树镇回来,
天黑下来,樟树的香气紧随我十八年,
你坐在自行车后打盹,仿佛就在昨天。

时光早早停滞在短小的灌木丛中,
四十年来还蹲在潮湿的地上。点点光斑,
从你迷离的双眼边缘向四周扩散,
外婆、外公沿着你的气味追到后山,
这两位奋不顾身的老人,他们到底要干什么?

鹌鹑想了想,觉得一切都在情理之中。

收紧的棕黄色翅膀渐渐放下,追捕还在继续,
执迷不悟必须持续到青春发育期。
谁也没有权利获得原谅,谁也不能幸免——
与家禽们一同度过故乡的漫漫长夜。

毛茸茸的头从清晨抬起来,孔子一样迷失
在那个年代。打倒了墓碑,打倒了孔圣人。
快速成长在故乡的洪水泛滥中。你因为懒惰
而躲过了被一场故乡狂欢的游戏淹死。

故乡的墓碑下集合的亡灵变成了一阵阵凉风
到了夜晚都变成了鹌鹑。
一只只紧紧拥抱,叫声里有相互的叮咛——
亲爱的,你死后会回到樟树镇吗?

你要照顾外公外婆,他们穿着雨衣站在孔子的
牌位下,泪水淋湿了供果。
"无田甫田,维莠骄骄。"
我会回来的,我会回来跪在鹌鹑身后,
叫声中含泪:我的小舅舅呀,你一生漂泊,
而爱像鹌鹑,到了中年才获得了墓碑的阴凉。

祖先们穿上了绸缎寿衣,赶着一群群鹌鹑,
行走在樟树镇的河边,一边走一边念——
"无思远人,劳心忉忉……"

2009 年 7 月 28 日晨

水电站

回乡的路上,水电站不断抽我体内的流水。
我昏昏沉沉,
车过长沙,我猛地惊醒
好像我被电击了。

通电的感觉,
是噩梦中的一击,
水电站就出现在眼前。

小时候的事情又被重新记起,
那一年,我与水电站长
站在风中的大坝上,
眺望远处的落水者爬上岸。

二十年后我回乡,
落水者还在大坝的一端哇哇呕吐,
他体内的水电站
早就废弃,
而那个眺望远处的水电站长
也已死去多年。

2009 年 10 月 14 日晨

咕咕

我听见故乡在我脑袋里发出咕咕的叫声。
水塘在咕咕叫,
枯树在咕咕叫,
菜地在咕咕叫。
不叫的是蹲在地里的青蛙,
它双眼圆睁,好像得了幻想症。
不叫的还有躺在门板上的小孩,
他在玩一种死亡的游戏,
只等我一走近,
他就一跃而起把我扑倒。

2009 年 10 月 15 日夜

蟒蛇

它的气味一日三变。
此刻有尖刀的气味,挺立起三角头,
清晨它整个身体散发出面包发甜的气味,
再过片刻,它要么更加疯狂,
要么昏昏入睡。

我听见它打呼噜。
嘴里流甜蜜的汁液,
发出婴儿叫妈妈的声音。
这就是蟒蛇,我所喜欢的凶猛的动物。

它听我的叫唤。
我叫它更凶猛,
我叫它吐出鲜艳的舌头。

我抚摸它尖硬的头,
说:天寒地冻,不要摆动。
它缩回到桌子底下,
腹部紧紧缠着我的大腿。

我心生怜爱。

我喜欢看它滋滋吐出蛇信子,
冲我猛扑而无从下口的着急的样子。

果然它咬住了我。
这是我所期待的。
我期待它的毒液流遍我全身,
我期待我的骨骼更松软,
而我善良的心更坚硬。

它凶猛的品质咬住了我,
我一边翻阅弗洛伊德,
一边抚摸我喜爱的蟒蛇,
此刻它美好的毒液正慷慨地流遍我全身。

2009 年 11 月 9 日夜

身為游忙翻得健

客留春住抵還家

丁酉夏筆此懇之書於京華

野猪

野猪林就在你家后面的山林,
你不曾进入。
当你试着呼唤野猪——
面孔熟悉的动物,
它毛发坚硬,
四蹄短小,耳朵颇有几分姿色。
它来了,
脚下生风,像灵魂出窍。

你家后山灌木丛中躲藏的灵魂,
何时成了一群野猪?
何时又像逃出家门的少女——
耳朵漂亮,身材亦漂亮。
胯下的生殖器,
故乡最美的一部分,
在春风吹拂下,
闪闪发光,生育亦闪光。

《山海经》中长脸的祖先,
隐藏于后山灌木丛中的野猪,
它扑下来,咬住邻居姑娘的腰身。

野猪野猪,
呼呼喘粗气。

你喜欢的姑娘,
腰身咬在野猪嘴里,
后山沾满了猪毛。

你试着呼唤野猪,
亲爱的,灌木丛中灵魂漆黑一团。

扮演绿林好汉。
你睡得好死啊,
难道你不曾与野猪有过约会?
难道你不喜欢腰上吊着野猪的
邻居姑娘?

2009 年 11 月 12 日晨

一朵棉花

你像一朵棉花,
开在祖国的田野,
清风吹拂,
你脸蛋就红了。

你有棉花一样
纯洁的心灵,
无论有多少甜言蜜语,
你都坚持清贫。

清贫的棉花
与丰满的棉花
都是我要摘下的棉花。

我渴望月光像棉花打开
把光芒倾倒在我脸上,
这个时候,
我会像一个儿童哇哇大哭。

你娇媚的样子,
打动了我飞蛾一样急迫的心。

一朵棉花,
一座小型发电站,
映红了我苍白的脸。

我摘下了它,
我多么狠心,我被电击似的
伏在祖国的田野,
身体像一只飞蛾,
卷进了花骨朵中。

2009 年 11 月 17 日晨

私有制

私有制的早晨,
我拥抱朝霞,拥抱朝霞粗壮的腰身。
私有制的中午,
我制止了打鸣的公鸡,制止了它惹是生非。
私有制的夜晚,
我拒绝睡眠,拒绝睁眼说瞎话的梦境。

私有制穿着可爱的花衣,
我爱上了穿花衣。
私有制梳小辫,
我爱上了坐在梳妆台上高谈阔论,
手执一把钢牙交错的锯子。

私有制占据了我家厨房,
我围着一条围裙扮演莎士比亚。
私有制跑到我家阳台上,
我赶紧拨打110,喂喂喂有人要跳楼。

私有制制造了一场虚惊,
我额头上的冷汗是它的证据。
私有制夹起了它的花尾巴,

我脚下踩着的尾巴却是一条毒蛇。

私有制正是我精心喂养的毒蛇,
它钻到我的被子里,口里吐出美妙的蛇信子。
私有制美得如此光滑,
好像除它,这个世界只剩下一根草绳。

私有制的睡袍,
穿在私有制的肉身上,
私有制的激情,
只发生在私有制的裤裆。

私有制的水管里冒出白花花的水柱,
私有制的庭院栽满了私有制的树苗,
其中小部分对我点头哈腰。

私有制的沐浴,
私有制的指责,
私有制的月亮照亮肮脏的小道,
而大道上的裸体却无人照料。

私有制的快言快语,
它指责你居心不良,
它笑话你脖子上的黑痣像一个强盗,
而实质上你一直围着一条好看的围巾。

私有制的谎言,
衬托了你深藏不露的舌头。
而私有制的赞美,
暴露了我内心的哈哈大笑。

一切都是私有制,
一切都是光滑的淫欲,
此刻私有制盖着一床厚被子,
把它尖尖的三角头枕在我的大腿上。

2009 年 11 月 20 日夜

第五辑　梦中鹤

（2010−2015 年）

睡在父亲离世的床上

睡在父亲离世的床上,我听到大地的心跳在寂静的夜里
咚咚咚从另一个世界传来,那是父亲的心跳
像是飞蛾撞击油灯。生命的勇气一点点熄灭,而思念更
长久,睡在父亲离世的床上,我在体验父子的心灵感应
父亲残留的体温是否温热?夜里我梦见与哥哥围坐在老屋的
书桌边,我写字,哥哥捏泥人敌军长,油灯照亮了童年
父亲去了哪里? 他在公社、政治与家庭中间穿行
一部黑色手摇电话机,一张老式办公桌,记忆里
阳光强烈的空气里灰尘上下翻飞,父亲硬朗的脸浮现
我被墙角三五支步枪吸引,穿中山装的父亲上衣口袋里
插着自来水钢笔,他的口才我继承了多少?他沉默的
风度我到中年才开始学习,而人世的屈辱转化为尊严
与不屈,父亲犹如飞蛾扑火,生命的炽烈与无畏终将熄灭

睡在父亲离世的床上,我听到父亲接电话的声音在七十年代
喂喂喂喂从电线里传来,晃晃荡荡的电线里有我父亲的心跳
风吹饥饿的麻雀倒栽在水库的碧波上,我听到父亲的心跳
在今夜另一只麻雀身上复活,小小的心脏隐藏在黑暗的树梢
它飞过了多少次生死轮回,我就能听到父亲多少次心跳
今夜父亲那部老式电话机在世界某处响,嘀铃铃的声音
打破了夜的寂静,无人接听,它的主人消失在灰尘翻飞的

光线里。我睡在父亲离世的床上,电话铃声刺激我的耳膜
电话机黑色外壳,父亲的手摇动电话机的动作,一一浮现
成群的麻雀在电线上此起彼伏,而总有一只因为饥饿
在水库的碧波上挣扎,我回忆起一阵风吹起麻雀肚皮上
白色的绒毛。电话铃声微弱,像那只麻雀渐渐没了体温

睡在父亲离世的床上,我听到学校操场上人声鼎沸
集会正在进行,现场群众与未来的我,同时听到大喇叭里
周秘书在做报告,阳光暴烈,公路上的烂泥散发热气
父亲沉稳的声音经过高音喇叭的扩散,在今夜我能听见
滋滋滋的颤抖,发电机不稳定的电流里有父亲粗重的呼吸
与翻动报纸的窸窣声,那时父亲应该是我现在这个年龄
文才被公社短暂征用,周秘书的称呼却延续了几十年
我一直觉得怪怪的,好像是强加给他的身份越来越缩小到
老一辈人的嘴里,直到他们一个个离世。记不得哪一天周老师的身份
取代了周秘书,一代又一代的学生长大、生育,教育陪伴了您后半生
直到您在黑板上写下"同学们——再见了!"父亲,我们能再见吗?
我是您的儿子,也是您的学生,黎明到来,我坐在床上睡去
我相信在睡梦中可以与我的父亲——我的老师再见一面

睡在父亲离世的床上,我听到父亲在喊我的乳名
自从我十八岁离家,乳名被遗弃在故乡,像一个秘密
今夜我听到父亲在叫我的乳名,我模模糊糊就答应了
父亲的声音像我读中学时那个夜晚,我与哥哥睡在学校宿舍
下半夜我隐约听到有人叫我与哥哥,是父亲在敲门

我在睡眼惺忪里跟着父亲，记得那个晚上月亮高悬，脚踩在
结了冰的路上发出嘎吱嘎吱的响声，父亲的咳嗽声在前面
我知道家里出事了，惊恐第一次突袭一个少年，当我看到哥哥
抱着姐姐痛哭，我半梦半醒，惊讶哥哥的哭声，原来伤痛
是冲破喉咙的哽咽。姐姐被抬上担架，亲戚们在灯光下晃动
天尚未明，他们要去湘江边赶船，送姐姐去长沙治病
我少年的记忆里从此种下了父亲、哥哥与姐姐分离的
那一幕情景。今天父亲不在了，幻觉中父亲在叫我

睡在父亲离世的床上，我听到春天在后山奔跑的欢乐声
众树像父亲，经过短暂冬天的树叶墨绿，生命更加容忍
散发出的爱，需要生者去沉思，需要在悲伤与欢乐之间
来回转换，祖坟山埋葬了多少代人才获得今天的静默与
葱茏。一群人来上坟，鞭炮齐鸣，烟雾四散，跪下的儿孙
年长的面容悲寂，强忍住眼泪，年幼的像树枝上的嫩芽
在风中颤抖，年老的发出了呜咽。春天已经来到了父亲的
新坟上，因为他的加入而让祖坟山有了新的悲伤
悲伤万古长青，加入者如新鲜的黄土年轻而充满朝气

睡在父亲离世的床上，我听到春雷滚滚奔向黎明时分的故乡
湖南持续的高温冬天终于在夜里迎来淋漓的细雨，春雷一响
沟渠里的活水在不远处喧哗。我撩开窗帘，天色微明
我想起童年时父亲与哥哥捉回鲜活的鲫鱼，鲫鱼与泥水的腥气
我有三十多年没有闻到了。我披衣坐起，脑子里有鲫鱼跳跃
春雷追着牛犊，满山的青草一夜间开始疯长，春雨贵如油

昔日乡村炊烟沿着田埂弥漫的景象,随时光已逝,田地荒芜
浸水汩汩流淌,野草掩埋乡间熟悉的道路。时代巨变,门前的
池塘缩小了,春雨还没来得及灌满,我的心里堆满了从北方到
南方的雪水。故乡的春雷在云层里炸响,睡梦里的亲人
多少年来他们习惯了这突然而至的春雷。父亲留在堂屋墙上的
皇历翻开了新的一页:弥勒佛祖诞,今日辰时雨水
七时五十分,天亮了,农历乙未年迎来大年初一日
本日九紫,母亲起床,她以为春雷是父亲回到人间大地
她说:"我要扑上去抱住你父亲,不让他再离开我了⋯⋯"
——我的娘呀你不要抱住父亲,让雷声消失,让春雨撒满故乡

睡在父亲离世的床上,我听到母亲在佛前祈祷——
向西南方迎喜神,向西方迎贵神,向正西方迎财神
向北方迎我父亲。"昨晚那三声雷响,是你父亲带领
他另一个世界的亲人向这边报平安,他会保佑我们。"
母亲的想象何其美好,超乎我的想象。一家人吃团圆饭
父亲的座位空着,一碗白米饭,一双筷子,一杯酒
摆在儿孙与母亲中间,去年他还坐在那个位置,我们干杯
祝父母长寿幸福,我们的笑容里有掩饰不住的痛
泪水滴在酒里,我看见父亲在后退,一个人的生命正在耗尽
所有的挽救与祝福都显得渺小无力。留在人世的时光不多了
上洗手间时父亲第一次紧紧牵着母亲的手,死死捏着不放
"这些年从未有过,他从未这样紧地抓过我的手啊⋯⋯"
母亲跟我谈起父亲迎接死的感受是那样具体
"他都不需要我陪伴,连呻吟声都不发出来,只是有过

最后的叹息。"父亲临终前一天将一本字典送给侄孙女
他自己尚能洗澡,临终前姐姐给他洗了脚,他执意让母亲
与姐姐先睡下,他只有几秒钟就走了,"没有痛苦,你姐夫
扶着他的头。我抱着他时已经没有了气息。"母亲的叙述
终于平静,她经过了九个月的生离死别,向我无数次叙述
父亲最后的时刻。"一只蝙蝠来了,我对他说你回来了——
那是你父亲,他舍不得家,回来看看,他飞回家几次
我追着他,他突然飞到床底下不见了……真的是他
最后一次我打开后门,让他从后山飞走了……"
这是母亲向我第一次讲到蝙蝠。我相信我们终将走向时间的
黑洞,父亲在前面引路,我们排着队,像一队黑夜里的蝙蝠

2015 年

林中鸟

父亲在山林里沉睡,我摸黑起床
听见林中鸟在鸟巢里细细诉说:"天就要亮了,
那个儿子要来找他父亲。"
我踩着落叶,像一个人世的小偷
我躲过伤心的母亲,天正麻麻亮
鸟巢里的父母与孩子挤在一起,它们在开早会
它们讨论的是我与我父亲:"那个人没了父亲
谁给他觅食?谁给他翅膀?"
我听见它们在活动翅膀,晨曦照亮了尖嘴与粉嫩的脚趾
"来了来了,那个人来了——
他的脸上没有泪,他一夜没睡像条可怜的黑狗。"
我继续前行,它们跟踪我,在头上飞过来飞过去
它们叽叽喳喳议论我——"他跪下了,跪下了,
脸上一行泪闪闪发亮……"

2014 年

梦中鹤

鹤静坐于我家堂屋,我知道它来了,坐下来了
黑暗里,它来了,我年迈的父母已经熟睡,母亲睡得
静无声息。此刻父亲鼾声如雷

鹤的耳朵灵敏,它听见父亲在心里写字,虽然父亲一只耳朵
听不清楚我的电话,父亲写下——诗硬骨
我的骨头在梦里嘎嘎作响,是墨汁渗透进了骨头

鹤起身,拿起茶壶,倒下母亲留给我的浓茶
鹤饮茶,发出滋滋的吮吸声,在漆黑的夜里

鹤起身,擦拭木桌子,这一张饭桌我们兄弟曾经围坐
如今四散开来,留下两个老人,他们面对面坐下吃饭

鹤起身,潜入一间卧室,它把柔软的翅膀盖在母亲的额头
鹤哭了。我在梦里紧紧抱住鹤,它的身体滚烫

鹤起身,潜入另一间卧室,它惊慌地弹跳,像是遭了电击
鹤的叫声惊起了我,异乡的哥哥也醒了,他一脸惊恐
哦父亲没了呼吸,仙逝如鹤,扑腾一声在半夜飞走

2014 年

一场大雨淋湿了我

我骑自行车从县城回家
湘阴县的天黑得慢,公路两边的人家都在烧火煮饭

我是个瘦高的少年,两腿把自行车蹬得飞快
我要赶在下雨前回到家,不然我就会被鬼拦住

我像一只野兽趴在自行车上,我的屁股一抬一翘
我使出了那个年纪所有的精气,我要干死那辆自行车

就是死在自行车上,也比被鬼干死强
比被一场大雨干死强,我是这么想的

湘阴县多雨与洞庭湖发情有关
湘阴县多雷与我的发育有关,我是这么想的

雷公婆婆追着我,我像只小兽趴在自行车上
我在公路上猛地向前冲,再猛些吧我的屁股都要丢在身后了

我的鸟鸟都被自行车的硬座戳痛了,戳出了精虫都有可能
我背上火辣辣的,是不是雷公婆婆打着了我枯瘦如柴的脊梁骨?

是不是一场大雨已经淋湿了我?
是不是湘阴县的大雨早已转身投奔洞庭湖?

2013 年 1 月 10 日白昼

秘密的生活

竹山里的人家在过秘密的生活，不知他们在我整个童年时代
过着怎样的生活，倾斜的木屋，在我地并不多见

过高的门槛不多见，一个胖胖的女孩也不多见
一家人住在堂屋里，我去外婆家时经过他们门前
他们在地坪上打闹，一齐跑过来看我，一家人又不作声

记得他们的木屋发过一次大火
夏天的傍晚，我们在下寺塘洗澡戏闹
突然听到惊呼——发火了，一股浓烟升上西天
大人小孩狂呼乱叫，人们冲向同一个方向

火势在那个年代呼呼作响，大有吞没竹山的架势

那户人家的堂客瘫坐在地坪哭，怀里抱着一床蓝花被
但事过不久，我在大队看见她与一个男青年开下流的玩笑
家里好像没发大火一样快乐

2012年12月18日下昼

心識猶如幻
色相無有邊

乙未冬雲山龢琴之書

故乡拷

洞庭湖是我的故乡
水草绞死了中年的乡愁

扮演一个浪子多年
四面受敌时曾想投湖自尽

当有一天在国家图书馆
拍摄到王国维遗书真迹
我错把昆明湖认作洞庭湖

错了，一切都错了
我的北京，我的中年
梦中水草绞死了屈原

扮演一具行尸走肉
是我辈悲壮的职业

哪一天我回到故乡
我就投湖自尽
只有洞庭湖才能洗掉我半生的耻辱

2011年7月28日夜

灵境胡同

每次我路过灵境胡同
我就要蹲在槐树下煮一锅晚云

我喜欢灵境胡同的老人
他们引导我的灵魂走进破落的院门

我总是自动脱下外衣,挂在树杈上
就像回到了自己的家里

这哪是我的家?我的家远在外省
但这并不妨碍我的灵魂在胡同里穿行

每次我路过灵境胡同
我就对着天空观察我的身后

我身后尾随的老人提着鸟笼
他的人生倒映天上的晚云

不可怕,一切都是镜中奇遇
一切都来自镜中的灵魂,来自灵境胡同

笼子里的灵魂与迈着小碎步的灵魂
都向我传递凶狠的目光

凶狠的目光如炬火扑闪扑闪
变得温柔而怜悯

我站在灵境胡同,绕开槐树
绕开煮沸的晚云,我急着推开一扇院门

一院子的晚云扑闪着,脸蛋粉嫩
一笼子的野兽原来是未曾谋面的灵魂

2010年3月12日夜

正欲清談逢客至
偶思小飲報花開

丁酉季夏雲山劉華書於童年

第六辑　最后的体温
（2016年）

一个男人在马路边大声喊

一个男人
一个穿旧衬衫
外表粗糙的男人
站在马路边
用他沙哑的嗓音
像一只风中的高音喇叭
对着手机大声喊：
"与你这种人说话
我烦死了
我不想再说了
我要走了……"
他的嗓子里塞满了磁铁
他浑身颤抖
像过电了的人
在风中
他另一只手
扶着一辆自行车
他的声音让我怀疑
我就是那个
让他烦死了的人

2016 年 1 月 1 日

打洞

谁在楼上打洞
他像一只凶猛的野兽
从我的头顶往下冲撞
一会儿是粉碎性的
接着是碾磨性的
最后是抽离式的
我被他搞得心神不定
其实你打你的洞
我睡我的觉
但到了夜里
又有人在我身上打洞
打一个黑暗的洞
像我这样长着硬骨头的人
她以温柔的电钻
以毁灭性的节奏
将我逼向墙角唯一的亮光
她让我跪在黑暗中心
她让我在亮光里脱下衣服
她在我胸口上
用劲打了一个
通向她的洞

2016 年 1 月 2 日

我的同学

毕业多年以后
我们又混在一起
就像小时候一样
他的每一个特点
都保留了下来
我亲爱的同学
他已经成长为
一个受人尊敬的
乡村兽医
我非常羡慕我的同学
他可以把手
伸入热气腾腾的
牛的阴户
就像小时候
他把拳头
伸入我的嘴里

2016 年 1 月 3 日

鸽子

这是我童年的树林
我跑过的脚印生了青苔
只有那只母鸽
她灰白的身体
还是那样饱满
她的叫声里有一个我
在低沉地哭喊
父亲——父亲——
你灰白的脸
你灰白的眼睑
从我头顶一闪而过
在树林里隐藏

2016 年 1 月 6 日

一共五个人

他们一共五个人
不会是六个人
他们从一边迅速靠拢
动作整齐，训练有素
而又显得悄无声息
拎着钳子、扳手之类工具
在他们手里
那些工具像是陌生的孩子
闪着油光
他们围在一起
我听不清他们的交谈
他们大约二十七八岁
穿着蓝色工装
裤子肥大，脸也肥大
就那样站着
我记起一部旧电影
正是五个人
瓮声瓮气的台词
在风中飘荡
我走进他们中间
他们一共五个人

加上我
一个穿西装的人
一共六个人
像一个整体

2016年2月3日

人群中总有一个好看的

人群中总有一个好看的
她因为长着一张鹿脸
一眼就认出了她
人群中还有另一个好看的
他的风衣领竖着
他的身形轮廓
与人群区别开来
在人群中
总会冒出
与时代格格不入的人
大部分人神态自若
而他们略显紧张
生动的面孔
保留了动物的特征
警觉、羞愧、自尊
这样的人
如星星之火忽闪忽闪
又像特务一样出现在人群中
长筒彩色条纹袜
与白色球鞋搭配
她转头，哦她转过头

在人群中寻找
另一个好看的人

2016 年 2 月 5 日

早晨的树林

雾气占领了所有的缝隙
我在早晨徘徊
如何才能进入树林
如何才能与我童年的鹤
相遇？它蹲在哪棵树下
它的叫声飘浮
像我早夭的同桌
一个快乐的八岁男孩
他把喉咙递给我
我憋着的童声试着发声
穿过树林
就是他的墓地
我一直等了好久
太阳才出来
一瞬间，树林被阳光照亮
我看见你抱着鹤
在所有的缝隙里穿梭

2016 年 2 月 9 日

飞机悬在半空

飞机悬在半空

既不前进又不后退

像一颗白色的药丸

含在天空的舌头下

既不吞下又不吐出来

就那样悬在半空

下面是触手可及的楼群

电线杆、树丛与大地

向远处曼延

飞机在我的东北方向静止

它不是一只大鸟

太阳照着机翼

它是一驾飞机

甚至可以想象

飞机里的人在等待降落前

若无其事的紧张

空姐的声音

过滤掉了疲惫之后

呼应着大地上的人

比如我

在问候天上的人

大地上的事物

在半空中

请暂时忘记

2016 年 2 月 13 日

洗衣机里的小孩

小孩的头发

在旋转

小孩的脸

弄脏了的脸

在旋转

血在旋转

眼睛在旋转

先是一层层细致地

剥掉衣服

再剥掉皮肤

小孩细嫩的肉

在旋转

清脆的骨头

呼呼在旋转

灵魂停顿了三秒

被骨头卡住

接着旋转

黑暗在黑暗深渊旋转

光明在光明之中旋转

小孩的妈妈在旋转

小孩的爸爸在旋转

小孩的爷爷奶奶在旋转
一个小孩
一个偷偷翻进
洗衣机里的小孩
准确无误地
碰到了死亡的开关
疯狂的旋转
听不见世界
任何哭喊的旋转
红色的血浆与骨头
也不能让洗衣机停止的旋转
将一个小孩
还原成
另一个形状的物体

2016 年 3 月 14 日

红灯那边的人

红灯那边的人
他向我走来
他怀着什么目的
我并不清楚
他面容平静
步伐从容
他是一个单枪匹马的人
他向我迎面而来
大小车辆静止
我想了想
也向他走去
就一瞬间
他被我迎面撞飞

2016 年 5 月 3 日

她的礼貌

越漂亮越讲礼貌
越丑越粗鲁
穿白球鞋的女孩
比穿高跟鞋的女孩
要羞涩
她身材单薄
像一张绿色的纸
(她穿了一件绿色衬衫)
她头发笔直
与空气融为一体
男孩撞了她一下
她说:"不好意思。"
我想不好意思的是
她的礼貌

2016年8月3日

陌生的小孩

一个小孩坐在椅子上
她妈妈坐在旁边
进来一个妈妈
(或许是奶奶)
她牵着一个小孩
"叫姐姐"
小孩不作声
他们坐在一起
相互看着
像多年的老友
他们的小手抓着
"过来一点,别挤到了弟弟。"
他们没有说话
表情自然、沉着
两个小孩的气场
大过了所有大人

2016 年 8 月 17 日

壁势寒垂地
雪怀根髪香

丁酉雪山翅心书於京华

妈妈

每次我都使劲地想
使劲地想回家的路
想把妈妈抱在怀里
妈妈老了
一个人坐在夜里
一天天等我回家
大年初一上栗山
父亲在坟墓里还好吗?
妈妈被父亲
丢弃在尘世
每次我都使劲地想
做梦都想妈妈给我梳头
我有一头乌黑的长发
想妈妈的时候
我是一个女孩
一个被丢弃的女孩

2016年8月21日

一直升到天上去

站在滚动电梯上
我想到远处深山里
一个陌生人在井下
挖煤
像挖他的秘密
轰隆隆的声音
从我脚下传来
我的身体也随之战栗
我从低处升向高处
高处有多高
有多亮
我并不清楚
但我站在滚动电梯上
我会一直升到天上去

2016年8月25日

另一种爱

用铁栏把小区包起来
再在铁栏上绣花
我生活在里面
与我的亲人
一起生活在铁栏里
我们没有感觉到
铁栏的压力
有时我把铁栏看作
是另一种爱
它爱我的温顺
也爱我的倔强
我有时候把头
猛地插进铁栏间
我头上的鲜血
染红了铁栏
与铁栏上的花朵
那片刻
钻心的疼痛
让我哇哇大哭
我知道这正是
另一种爱

2016年8月27日

继续死

一场童年的雨一直下到今天
昨晚在雨中惊醒
摸到胸口湿了一片
脸上的雨稍有停顿
我在雨里陪父亲死了一回
现在我醒来了
父亲还在继续他的死
我问天上的雨
我的父亲
他何时能结束
他的死

2016年9月4日

秋刀鱼

我大叫一声瘦鱼
它们晃动一下
但不过分慌张
我探下身
观察它们
一条秋刀鱼
眼睛又圆又突出
我看见它的眼睛
闪过一丝不屑
隐秘的
鱼的态度
很长时间
我没有说出
秋刀鱼的不屑
它们挤在
栗山塘的浅水处
像我们小时候
衣衫单薄
在秋风中张着嘴巴

2016年9月7日

蛇皮

银色的蛇皮
渐渐凉了
白天蛇皮发亮
到了夜晚
还是发亮
在栗山漆黑的树上
蛇皮
我童年丢弃的外衣
穿在漆黑的树身上

2016 年 9 月 8 日

缅甸的竖琴

我想听到
缅甸的竖琴
发出的声音
在一个缅甸女人的怀里
竖琴像一个陌生的男人
我想听到
一个陌生的男人
在我没有去过的地方
星月照临，肤色暗淡
被一个缅甸女人
弄出来的声音

2016 年 9 月 9 日

你带来青木瓜

你带来青木瓜
在一个成年人的记忆里
植物的气味
从童年开始
贯穿一生
今天你唤醒了
我青木瓜的记忆
这是一种错觉
我的家不在越南
也不在广西
我没有吃过青木瓜
没有在青木瓜树下
爱过青木瓜女孩
看着它一点点变黄
那个回忆里的女孩
离我越来越近
我已经闻到了
她身上没有过的
南方的气味

2016年10月15日

动物园

天气冷了
不知动物园里的
动物是否穿好了衣服
我偎依在书房
感觉到寒气
从书页缝隙往外冒
如果一夜白头
那肯定是冻白的
夜里我听见动物们
抱在一起
像人类的孤儿
嗷嗷叫唤
它们为什么恐惧
白天路过动物园
我看见它们在笼中
晒太阳
忧郁的眼神
死死盯着我
好像我是它们中间
昨晚逃跑的那一个

2016 年 10 月 24 日

晚稻

进入故乡的深秋
泥土猩红
道路坑坑洼洼
晚稻是金黄的佛陀
倒伏在田野
全身湿透了
我的父亲,如果你能
抬起风雨中沉甸甸的头
我会跪地痛哭
一闪而过的晚稻
凝固的波浪
路边人家搭起孝棚
我进去向逝者跪拜叩首
故乡啊
我一路奔波
只为俯瞰你
躺在棺材里的头

2016 年 10 月 30 日

雨的故乡

雨的故乡
山峦上升
白雾缠着父亲的脖子
喊我病中的母亲
寺院,从阳雀湖上苏醒
风吹僧侣绛色的衣袍
香烛燃尽瘦削的脸
早晨,左宗棠冒雨种茶
湖面开辟无数条道路
我启程返回异乡
飞机,这个游子
蹲下来捂住满面泪痕

2016 年 10 月 31 日

乳白色的空气

我有权利在乳白色的空气中游泳
我有权利一直游到对岸去
不要在岸边对着我呼喊——
你的爱这是你挣脱的爱
如果天黑之前你还不游回来
我们就要拿走你的内衣短裤
但是我听不见所有人的呼喊
乳白色的空气像新鲜的精液
生命划开了一道口子
血在喷涌
血在喷涌,穿着衣裤的人
欢迎各位看我爬上岸后
直条条走在灰色大街上

2016 年 11 月 4 日

我想养条狗

我想养条狗
但不是现在城市里的狗
我想养条
小时候我养过的狗
它的名字是我三十多岁的
妈妈取的,叫麻烈
它是湘北农家那种土狗
毛发茂密像我的哥哥
四肢奔跑起来像林中响箭
它与我们吃同样的
米饭与红薯
每次我给它盛饭
它都把碗舔得干净发亮
在艰难的年代
我们一起拥有
穷人才有的快乐
记得我从异乡回来
老远就看见它
在栗山顶上迎接
强烈的光线
在它修长的面部晃动

麻烈，麻烈……
我爱你
我爱你向我猛扑过来

2016 年 11 月 5 日

白塔

从我的办公室
可以看见白塔
我午睡时
它在窗外
我骂人时
它还在那里
我们之间隔着
北海公园的湖面
与一道栅栏
与老国图的院子
我不觉得它陌生
它是我的身外之物
明亮、尖硬
像从我身体里
移过去的
我偶尔感觉到
它的白
让我一阵晕眩
我不敢长久注视它
它建于顺治八年
我怕自己喜欢上

一座万古常新的古塔
就像喜欢上慈禧

2016 年 11 月 7 日

老挝大雨

太阳照进卧室
因为安静而出现短暂的耳鸣
一个老妇人的形象
出现在我的回忆里
大雨滂沱
幽暗的森林,大象走动
木头从我的脚边滚过
发出嘭嘭嘭的挤压声
我们一起进入路边小店避雨
老妇人有一双明亮的眼睛
我询问象奴悲惨的命运
雨水中,几道闪电劈向
森林边缘一条无名河
我带回的耳鸣在那一刻附体

2016 年 11 月 8 日

眼前突兀見此屋

獨立蒼茫自詠詩

歲在丁酉之秋雲山琴人書於京華

雪地上的神

路边孤灯高高举起
照亮一地白雪
神是一个穿红色羽绒服的小女孩
神也是一个骑电动车的中年男子
神的头上戴着毛线帽子
风吹得神的脸蛋像红苹果
神的屁股后座亮着一盏小灯
我驾车经过一条郊外的公路
天色渐暗,路面的结冰已经
很厚了,一群肥硕的羊群
要穿过公路到另一边去
我停下车,打开双闪
这些走一步就摔倒在地的神呀
我为白色的与黑色的神祈祷
请在天色完全暗下来
路面的积雪还能让四蹄爬起来
之前,让神回到家里

2016 年 11 月 21 日

鞋子里冒烟

妈妈说

鞋子里冒烟

我即将起程

回湖南找到这双

神奇的鞋子

一场梦啊

在反复折磨妈妈

当我推开

雨水紧锁的铁门

迎接我的将是

庭院里

一棵墨绿的桂花树

门外大路上

走过我熟悉的人

但没有谁的

鞋子会冒烟

妈妈呀

我这几天

穿着你

幻觉的鞋子

像小时候一样

在你面前
来回踱步

2016 年 11 月 30 日

最后的体温

妈妈还是热的

只要我的妈妈

还是热的

我就还有妈妈

我们母子

躺在栗山的床上

我摸着妈妈的脸

我摸着妈妈的脖子

像六七岁时一样

我记得睡梦中

总能摸到妈妈的脸

妈妈的脖子

在睡梦中闪亮

我的妈妈

已停止了呼吸

但她还是热的

体温渐渐消失

妈妈躺在我身边

像我最后一根

救命的稻草

2016年12月5日

死亡的翅膀

风的翅膀是死亡的翅膀
桂花树的翅膀是死亡的翅膀
门前土路的翅膀是死亡的翅膀
池塘的翅膀是死亡的翅膀
田野的翅膀是死亡的翅膀
栗山翠绿的翅膀是死亡的翅膀
它们静静地扇动
在妈妈慈祥的脸上

2016 年 12 月 7 日

孤哀子泣念

照过妈妈的阳光照着我
盖过妈妈的棉被盖着我
我想把妈妈埋在我体内
我想把妈妈带到北京去
妈妈穿过的衣服烧了
妈妈穿过的鞋子烧了
妈妈呀
您说鞋子里冒烟
我想穿着您的鞋子
穿着橘黄的火焰
您看天边的晚霞
照亮了哥哥的脸
妈妈眼里的泪水从我眼里滚落
她的双眼紧闭
任由我们哭泣……

2016年12月23日

请原谅我不祝你新年快乐

请原谅我不祝你新年快乐
因为我悲伤
我希望你新年快乐
因为我不快乐
请不要给我安慰
因为你已经给过我安慰
死神的背影里
妈妈像生前一样微笑
我需要时间坐下来
既不悲伤也不快乐
回想妈妈的一生
目光落在妈妈的衣服上
她挣脱了人世的爱
既不悲伤也不快乐
美好的祝愿是一件旧衣服
再也没有一件新衣服
比它更像我妈妈一样亲切
爱是无尽的悲伤与快乐
此刻，它紧紧贴在我脸上

2016年12月29日

第七辑　桃青李白
（2017 年）

所有逝去的……

所有逝去的是些什么
一把新锁挂在栗山的院门上
黑暗中的手哆哆嗦嗦
钥匙插不进锁孔
我知道所有逝去的
再也不会回来
哥哥举着手电
在夜里砍下的树枝
春天一来,又会疯长
空屋里住着妈妈的气息
我相信到我老的那一天
所有美好的回忆
都将填满我衰老的身体
新锁生锈,新坟变旧坟
我将告老还乡
把所有逝去的重现

2017 年 1 月 1 日

小镇

回到小镇

一条河流污浊

白云倒映其中

还是白云

河水静止人心也静止

一切都是旧的

一切都令人怦然心动

枯枝败叶积蓄多年

像我们积蓄的钱财与情感

枯枝上的嫩芽

菜地边的粪坑

一阵风从我的脸侧吹过

吹起故乡浓重的体气

一切都已静止

一切都保持沉默

一个顽固的人啊

消失在废墟里

2017 年 1 月 24 日

肉案

人散街头空
肉铺摊上一个树墩
树墩上隐若可见
肉沫与血迹
有多少牲口
就此结束生命
就有多少口舌的欢乐产生
卖肉人是一个不起眼的男人
也有可能是一个俊俏的女人
我不能对自己说晚安
沿着河堤往前走
就可以看见法华古寺的尖顶
一直走到济福桥
我心中的肉案还没有放下
小镇灯火闪烁
把我掩藏进随便哪户人家

2017年1月27日

打虎英雄

借着月光向山下急行
山下人家尚有灯火
松涛穿林而过
一堆乱石
反射幽蓝月光
我跟踪你多时
你猛然回头
一只吊睛白额猛虎
正是我,身长两米
身高一米,我停下脚步
虎视眈眈
我们之间的气氛
无人能懂
我没有想到你的后退
是引诱我飞身扑死
你一拳打在我的鼻梁
我先是撞到了树上
然后滚落乱石堆
我一脸鼻血
咆哮震落树叶
英雄啊你跃上了我的背

你击打的速度太快了
不然我回头吃了你
你的喘气
在我耳边呼啸
我高傲的头一歪
英雄啊你别骑在我背上了

2017 年 2 月 1 日

周氏族谱

藏了这些年
总该出现在我面前
木箱的提手磨损了
一把老骨头
鲜红的墨汁
像我爷爷的哥哥
无端的呕吐
他葬于江西赣州
这事有记载
陌生的血
从字里渗出
他们是怎样生活的
又是怎样死的
答案一定存在
只是躲着
我这个陌生人
我也不是要打探
任何人的秘密
哪怕是我的祖先
他们属于自己
在大地上消失

从纸上又突然回来
这事百年一遇
脸的轮廓、身材
喘息的神态
许多地方已经模糊
但我还是能辨认出
一代人的命运
与另一代人的哀伤

2017 年 2 月 3 日

眼镜片上有盐

从故乡归来
眼镜片上有盐
那是妈妈的眼泪
一个人独处时
才会放声大哭
一个人在梦里
才可以赤身裸体
做一个婴儿
才是自由的
才真正属于妈妈
坐在她常坐的椅子上
新年的饭菜
是我代替她在吃
我眼镜片上的盐
是她为这悲伤的世界
流出来的
一个人死了
她还会在黑暗里
偷偷哭

2017年2月4日

棕熊

母熊带着孩子
站在大河之上
像个浑身湿透了的
贵妇人,气喘吁吁
为了年幼的孩子
她要奋力捕食
鲑鱼逆流向上跳跃
她张开嘴
准确咬住
小熊们在身后打斗
它们终究要活下去
独自面对漫漫长夜
公熊已经三岁
它在水里站起
它妈妈曾在这条大河捕鱼
现在它又出现在这里
冬去春来
大河滚滚
狼群尾随
棕熊一家
逃离大河

2017 年 2 月 8 日

黑寡妇

不要吃了我
我不会与你交配
我虽然年轻
但不敢靠近你
与肯尼亚白寡妇
或者花背红寡妇
交配,倒可一试
一阵剧疼
我等着被你吃掉
情欲之后
毒性发作
通过交配
然后吃掉
生下更多的后代
我还在犹豫
是否要接受
臭名昭著的
黑寡妇的求欢

2017年2月11日

摇椅

在摇椅里午睡
我梦见自己睡着了
睫毛耷拉如婴儿
嘴巴微微张开
一线清亮的口水
从嘴角流下
我是幸福的
阳光从遥远的地方
走来,扑到我身上
像我死去不久的父母
他们的爱在梦中降临
总是那么慷慨
我梦见我
在梦里激动得发抖
摇椅前后起伏
我像一片树叶
从地球一端
向另一端飘落

2017年2月12日

花椒树

在成都我想找花椒树
朋友,请告诉我
在哪里可以见到花椒树
它的气味飘过
而树身隐藏
像某个老友
你肯定就在一扇窗子后
灯下摊开的书页上
一行行文字模糊
你的脸轮廓清晰
我梦中的花椒树
一棵灿烂的花椒树
花椒树下的公鸡
傲首阔步
它喉咙里的花椒
与它头顶上的花椒
在这二月的成都
被灯光照亮
我的老友呀
请告诉我

你所爱的花椒树

是哪一棵

2017 年 2 月 16 日

老虎

它向我扑来
久别重逢的老友
我们紧紧拥抱
它高大的身躯
兴奋得站起来了
前腿趴在我肩上
头左右摇摆
我们的脸贴在一起
那种喜悦无人能比
我的老虎
想念啊彼此的想念
迎来今天的拥抱
你的舌头滚烫
舔我的脸额
这是幸福的一天
我们的感情
超越了人与人之间
肮脏的爱

2017 年 2 月 22 日

鹤女

单薄的身体
像没有发育的幼童
发育是有罪的
而成年女人的眼睑
格子围巾
吊带长裙
告诉我
你艰辛的心
你鹤一样的身体
鹤一样的表情
我没有见过鹤的微笑
但我想鹤有自己的愤怒
一个没有性生活的人
或许你的性爱凶猛
抑郁的手臂
藏在身后
就像鹤的翅膀
在我看不见的地方
你打开翅膀
光芒的裸体
扑向了湖水

2017年2月25日

手电筒

躺在床上晒太阳
终于迎来新的一天
终于迎来中年的强光
就像一个巨大的手电筒
从天空向我扫射
想起小时候
我们从漆黑的夜里跳出来
揿亮手电
有时候照见惊慌的水獭
它们趴在池塘边
哗啦一声栽入水中
有时候照见父亲
他眯着眼睛
在光柱里叫喊我们的名字
兄弟们消失在夜色下
水獭消失了
父亲也消失了
我再也回不到幽暗的夜晚
你看今天手电筒高挂天庭
照亮了整个世界

2017 年 2 月 26 日

风速

车厢里娇儿啼哭
窗外麦苗疯长
枯树还没发新芽
高铁奔跑在几朵白云下
一觉醒来
已进入河南
中原大地房屋与鸟巢错落
路边老人一张清瘦的脸
那是谁的愁容
高铁行驶相当于
十七级大风
风啊没有吹翻
杜甫的愁容
广播里说因为风速
高铁限速行驶
我将晚点达到书房
桌上的书页
请耐心等待
我均匀的呼吸

2017年3月1日

浴缸

当你忧愁时

爬进浴缸

水淹没到鼻孔

当你欢愉时

从浴缸

游向大海

你的男人或女人

死于浴缸

死的幸福

激起腹部的泡沫

你的自由

蓝色自由

在浴缸里

无限放大

2017 年 3 月 4 日

移竹當窗聰，新成筍
便入藍田試玉方

丁酉雲山耕心書於京華

野鸡

野鸡的鸣叫
拖着长长的尾巴
大多时候
我们兄弟看不见它
但它宝石似的头
警觉地转动
光滑的羽毛
瓷器一样闪亮
我心里早已有
它固定的形象
或许这一只更漂亮
它从栗山飞向蛇坡里
中间是池塘与天空
蓝色的一段距离
我们的鸟枪
架在松树枝上
快点快点
轰的一声
火药味在山间弥漫
周围都是灌木丛的青气
少年的欢乐

像奔腾的家狗
打中了打中了
我不知是一只公野鸡
还是一只母野鸡
叫声嘎嘎嘎沙哑
然后扑哧坠落
它的羽毛
比我想象的还要漂亮
它的眼神
明亮如豆火
我最熟悉的光芒
慢慢闭上

2017 年 3 月 10 日

敬亭山

敬亭山在那里
应该有一座亭子
亭子里坐着一个老人
那个老人应该是我
但我没有去过敬亭山
山有多高
山有多少石头
我都不清楚
你们不断说
敬亭山,敬亭山
敬亭山好像
是你们家的山
那座亭子是你筑的
我还没有去过
但我也喜欢说
敬亭山
这三个
缓慢的字

2017 年 3 月 11 日

犹太人

门后
长长的吻
侧脸伸过来
嘴唇沾在一起
如囊中探物
她的肩膀颤抖
她在抽泣
白色背心下
细小的乳房
若隐若现
像两座集中营
关押爱
也关押恐惧
她克制住紧张
军官抚摸她的脸
又是一个好天气
辛德勒再喝一杯

2017年3月16日

逃难人群中的白马

一匹白马
一匹漂亮的白马
出现在一长溜
逃难的人群中
它低着头
耳朵竖立
四条腿不紧不慢
跟着人群
由电视画面
一端向另一端移动
人群整齐有序
妇女抱着孩子
衣袍鲜艳
白马洁白
与逃难的队伍
融为一体
它走在最外面
像是要为难民队伍
阻挡子弹
马鬃朝一个方向
流水似的流淌

白马的忧伤
克制的忧伤
占据了电视画面下端
最高的位置

2017 年 3 月 17 日

抹香鲸

搁浅的抹香鲸
潜水之王来了
有人说它的
回声系统出了问题
使它导航出错
直接冲上浅滩
人们发出惊呼
可怜的抹香鲸
人们在海滩观望
潜水员捆住它的头尾
吊车开到船上
把它从海面吊起
它体内已经腐烂
外部光滑湿漉漉的
像一个巨大的婴儿
大海的婴儿
回到人类的怀抱
它的眼泪凝固成了海水
它的声呐与耳朵
丢失在大海
一条涂抹香气的鲸鱼

停在岸边
有人站在它的脊背上
有人用钢锯锯它的腹部
它轰的一声
突然爆炸了

2017 年 3 月 17 日

伊斯坦布尔的马

这是在土耳其
伊斯坦布尔的
马术俱乐部
年轻的妈妈
扶着一匹马
脚下草地
像绿色的毡子
天空飘着白云
她的自闭症孩子
坐在马背上笑了
马的体温高于人的体温
孩子感到了温暖
这是一匹瘦长的马
脖颈仿佛被拉长
马身也长
马尾拖在地上
马脸平静如水
像一匹并不快乐的
自闭症的马

2017 年 3 月 19 日

鹿园春秋

园子变化不大
鹿角在里面晃动
我看不见鹿群
它们换了新面孔
老面孔隐藏其中
像我的父亲
静悄悄站在远处
我看不见父亲
但父亲能看见我
我搀扶着妈妈
走向梦中的鹿园
我们一家人
在落满松针的树下汇合
鹿向我们奔跑过来
我半跪下
抚摸它的脖子
鹿伸出舌头舔我的下巴
热乎乎的鹿脸
贴上了我的右脸颊
它枯瘦的四肢颤抖
脚下的草正在转绿

到处是温良的眼睛
鹿的性情在空气里扩散
我搀扶着妈妈
走出了鹿园

2017 年 3 月 21 日

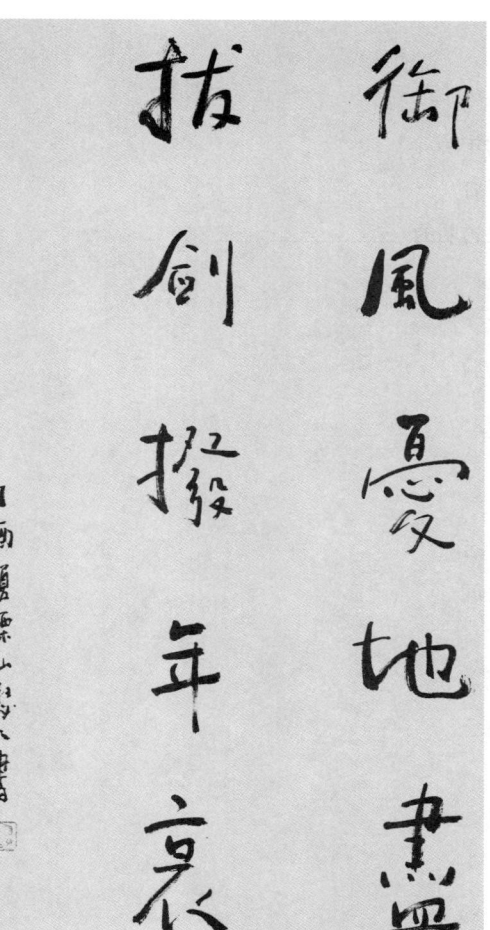

御風憂地盡
拔劍撥年衰

布朗山乡

一个人活着
不知道自己的年龄
这才叫真的活着
柴火为什么是透明的
像男人的脸
比别处的柴火
比别处男人的脸
要干净透亮
摩托车边的母鸡
带着小鸡
悠然自得的神态
在山与木屋之间
像一家人
小孩子脏脏的
眼睛乌黑发亮
青年男女
集体下山劳动
宽锄头碰到石头
花花绿绿的
拉祜族服装
穿在身上

一定很舒服
小耳朵猪
看着你
像深情的恋人

2017 年 3 月 23 日

去长白山的人

相邻的登机口人声涌动
广播里的女孩
在重复提醒
前往长春长白山的旅客
前往芒市的旅客
前往上海虹桥的旅客
前往南昌的旅客请注意
你们各自的早班飞机
隔着玻璃幕墙
晨雾擦来擦去
请你们找到各自的入口
我分辨不出哪些人
是去长白山的人
你们这么早起床
去长白山做什么
长白山雪花纷飞
天池水怪冒出一个头
消失不见了
我祝愿你们去长白山
见到我喜欢的水怪

2017 年 3 月 25 日

海豚

这只海航客机
机舱宽大
我的身体舒展开来
离开北京不久
我就睡着了
虽然感觉到空姐
她走向我的小气浪
但我更需要空中一睡
飞机颠簸啊正好
我脑袋里传来一声
海豚拍击水面的声音
接着又是一声
连续的拍击
海豚,幼小的海豚
跟在一群成年海豚身后
是它们在拍击水面
我的耳朵被海豚
撞了一下
醒来后脸颊湿了
机舱外的宇宙幽蓝
机翼闪烁

蓝色云朵静止
好像没有被海豚拍击过

2017 年 3 月 26 日

吃蜜蜂

如果美人掉到沟里
你不要救她
让她在沟里挣扎
像土鲫鱼张开嘴巴
如果蜜蜂飞来
你要捉住她
从腰肢处掰开
用嘴吮吸她的蜜
我们一群人
爬向婺源的田野
顺着水沟
找到了蜜蜂
然后捉住她的腰肢
舔了舔牙齿
然后闭上眼睛
吃了她

2017 年 3 月 26 日

无量山

无量山的长臂风猴
躲在树丛中
月光移动
有一种神秘的力量
在移动
长臂风猴
一道黑色闪电
从一棵树
飞向另一棵树
在树枝间上下翻腾
猿啼鹤唳
人间仙境
无量山上
长江以南
人类的近亲
以母亲或祖母为核心
黑冠长臂猴
一夫一妻制
发情季节
为对方整理毛发
动物之心

人类何曾拥有

无量山的

蓝色星空下

长臂猴站立起来

它发现了

我在千里之外

窥探它的秘密

2017 年 3 月 28 日

鹤的少年
——致张枣

鹤的寿命有多长

在长沙

一个四十八岁的老少年

把鹤埋在湘江边

鹤的鸣叫

从丰满的胸部

滑过弯曲的脖子

吐了出来

咯血的鹤

就一口

已经足够

我们爬上

金陵墓园的山巅

去看鹤

看鹤向对岸的

岳麓山飞去

就一声鹤鸣

仿佛你举起的杯子

久久没有落下来

2017年4月2日

天亮了

天亮了
鸟的舌头
分叉的光芒
一把小剪刀
无数把小剪刀
在树冠上盘旋
像小时候我被
剃头匠叉在手掌下
这是我生命源头的光芒
一点点泄露
并不急于奔涌
在静谧中徘徊
鸟的栗色羽毛飞过来
红色的趾爪抓紧电线
这是我清醒自由的早晨
众树围拢
田地展开了新的一天
我像个游子
在故乡的早晨游荡

2017年4月3日

倒塌的厨房

如果我还有厨房
就是我父母的厨房
这一生我不准备
再造厨房
人的舌头只有一个
精神的厨房
也只有唯一的一个
但它已经倒塌
墙角的坛子
泡菜永远泡着
我的味蕾
也泡在坛子里
我的厨房
它是慢慢倒塌的
一年倒塌一点
我的父母也是
慢慢离开我们的
我家的厨房
还没有倒塌
它还在那里
倾斜着啊

2017 年 4 月 3 日

蛇

下午就要离开家了
我收拾床铺
伸手摸到软软的蛇
它蜷曲的身体突然散开
哦妈妈
我摸到了你的皮肤
另一个世界的凉爽
蛇通人性
妈妈生前在衣柜里
与一条更大的蛇相遇
她认定那是父亲的化身
我要离家了
这条温和的蛇
向我抬起头
我哇的一声哭叫妈妈
哥哥在微信中
叫我放一床棉絮
到旧屋里去
他说留下蛇守屋
不要让它走了
家蛇是自由的

它可以在屋里
自由进出

2017 年 4 月 4 日

竹林

闯入童年的竹林
我像一只惊慌的鸟
碰到更多惊慌的鸟
它们躲避着我
比我还羞涩
我惊讶夕阳的人性化
光芒引导我
向青色的竹子靠近
我没有一点企图
竹子蓄谋已久
终于捕获到了
我的胆怯
置身于竹林
半明半暗的世界
地上铺满了竹叶
有多少棵竹子
就有多少个晃荡的夕阳
它们给我留下的缝隙
其实已经不多了

2017年4月4日

晚霞

晚霞的热烈
映衬了草木的冷静
上寺塘的美
掩盖了下寺塘的阴影
美是高高的堤岸
我走在堤岸
晚霞涂抹我全身
我感到了疼
我与栗山
同时被晚霞穿透
我看不清对面的人家
对面的人
看得清我的五脏六腑
这就是美
前后长达一个小时
我在堤岸等待
晚霞的消失
七十年代
上寺塘的蓖麻
已经长进了
今天的云彩

那披头散发的人
正在裸体投塘

2017 年 4 月 5 日

栗山鹧鸪

清晨与日暮时分
鹧鸪飞到离我家
不远处的草丛觅食
我从小就喜欢它
身上淡黄色的圆斑
若干年后
我又一次看清了
它黑褐色胸部
我无法把它的形状
与它的叫声联系起来
——行不得也哥哥
一只鹧鸪在山巅鸣叫
引来无数只鹧鸪
在不同方向的山巅鸣叫
而我站在山脚下
仿佛是它们
发情季节的回声
捕鸟人还没出现
他举着鸟笼
里面关着一只母鹧鸪
她的叫声深情忧郁

近似于对心爱者的哀求
我会飞回来
飞回鹧鸪的身边

2017 年 4 月 5 日

暴雨将至

从父母的南方回北方
暴雨将至
我躺在母亲的床上
乌云蔽日
乌云静静汇集
风在屋顶呼啸
风过的声音像母亲
睡梦中艰难的呼吸
我即将离开这里
打扫堂屋与卧室
关好门窗
我们沿着栗山公路
在暮色降临之前离开家
路边骑自行车的人
一晃而过的身影
像留在乡下的我
水田里的耕田机器
发出突突突的吼声
我们跑过栗山几公里
乌云还在天空移动
暴雨将至

风吹乌云
也吹着离开的人

2017 年 4 月 5 日

蜜蜂

蜜蜂飞进妈妈的卧室
不管多久没人居住
阳光从早晨到黄昏
总有片刻照在衣柜上
有时是反光
有时是斜射过来
蜜蜂嗯嗯嗯
忽上忽下飞舞
有时是盘旋
有时也就是瞎撞
我被它的飞行吸引
一只蜜蜂
像是有无数只蜜蜂
在寻找我的妈妈
妈妈的卧室
保持她去医院
看病那一天的情形
蜜蜂
很多年来都会进来
今年的巡视
只看见陌生的儿子

躺在妈妈的床上
仿佛蜜蜂
迷失了方向

2017 年 4 月 6 日

木箱

我想在木箱里睡一觉
我喜欢木箱
刺鼻的樟树气息
我羡慕家蛇
它悄悄爬进去
呼呼大睡
它嘴里含着
一颗樟脑丸
一户人家
至少有一只木箱
我家的木箱
哥哥读高中时
曾经背着它
我好奇地打开它
几件毛线衣
哥哥穿过
父亲穿过
妈妈也穿过
没有我穿过的
木箱太大
无法放到我的皮箱里

如果我背着它回北京

家蛇会不会哭

2017 年 4 月 7 日

米

一点白米

是妈妈留给

人世的孩子

家里没有人的夜晚

米在黑暗里发光

饥饿的米

没有嘴喂他们

我回来了

住三个晚上

夜里我起床

看米

饥饿的米

一个个

又小又可怜

拥抱在一起

张着嘴巴

嗷嗷待哺

2017 年 4 月 7 日

畜道

鹧鸪走路的姿势
像我的父亲
沿着田埂
又稳又快
一下就到了土堆
转眼飞上松树枝
人死后
不要再转世为人
更不要成仙
成为一只鸟
或者其他动物
像鹧鸪这样鸣叫
那是父亲在呼喊
我的母亲
母亲走路慢一些
不要紧
暮色降临
你们的世界静悄悄
我站在不远处
看着你们

一条畜道

在月光下闪闪发亮

2017 年 4 月 8 日

在正桃家吃饭

你是第一次来我家吃饭
正桃的父亲说
我埋头把米饭扒进嘴里
木桌很小
我、正桃与他父母
各坐一方
他母亲耳背
他父亲善谈
我只有靠与他说话
才能压住眼里
涌出来的东西
狗在木桌下转动
我把干鱼头留给它吃
我至少吃了他父母给我
煮的半钵土鸡
晚饭后
我与这个比我父亲
小两天的老人合影
天色渐渐暗淡
门前的大片水田
映照着天空

我抓紧时间拍下了
他伯父家的土砖屋
只有两三间
六十多年了
还孤立在竹林边
这是在丁酉年清明节
雨水过后天气晴朗
乡邻们或多或少
有些忧郁的日子
我回到老家
开始吃百家饭的日子

2017 年 4 月 8 日

港边上

小时候说
到港边上去玩
就是到这个水流湍急
的河边去玩
我与正桃再次来到港边
这座石桥上
已经是三十多年后了
两岸茅草枯死
灌木丛却翠绿
河道缩小了
一堆石块侧卧于
凝固的蓝色河水中
昔日大河滚滚的场面
变成了今天的
小溪潺潺流淌
再热闹的游戏
也有收场的一天
再小的孩子
也会长大成人
正桃说当年有两个小孩
淹死在这里

我害怕掉下石桥

如果当年碰巧

淹死的是我们

那今天走在

港边夕阳里

的就是另外两个人

2017 年 4 月 9 日

青苗庙

夕阳余晖照进竹林
这是很平常的事情
常年生活在栗山的人
他们惊讶我的神态
竹林深处的小屋里
供奉着什么人
众鸟飞舞
我呆立竹林间
小屋低矮
像小时候我们
做游戏时搭的小屋
鸟声停止时
安静得只有夕阳
移动的声音
我恭敬地作揖
然后退出竹林
大建哥说
青苗庙青苗庙
这是我在栗山
第一次遇见的
最小的庙

2017年4月9日

鼗金天不到章牛畫
射日非闗后羿狂

丁酉夏栗山碧々书於京華

鱼的身材有多好

鱼的身材有多好
人类不关心鱼
只关心自己
夏日宁静的早晨
太平洋西南部
成千上万条凤尾鱼
整齐划一
针尖似的蓝色鱼群
它们的身材
超过了人类
鱼卵产在哪里
海马把受精卵
一排排携带在身上
它们集体
向大海排卵
有的鱼群
同步发情
前面的鱼群
负责排卵
后面的跟上来受精
银鲨生气地

游向大海深处

它们通体泛着银光

有的鱼逆流而上

许多同伴

死在迁移途中

幸存者

为自己找到栖息地

再带着孩子

冲入大海

它们见到海上

撒满了

金色阳光

2017 年 4 月 9 日

九棵树

九棵树
你在天底下
熠熠生辉
这里的朋友
你们生活在树下
像安静的小鸟
爱情的叶子
随风飘舞
我来到九棵树
穿衬衫的姑娘
还没穿裙子
她们沿着
笔直的街道
往前走
太阳花酒店
斜对面是
全聚德烤鸭店
我们坐在
十字路口的建行
街道边的绿树
正撑开枝丫

九棵树的朋友

你能出来

一起吃烤鸭吗

一起数街边

有多少棵树

一起数九棵树

有多少片树叶

2017 年 4 月 11 日

辣椒悄悄生长

我回到阳雀湖
在堤上看你迎面走来
阳光照着你的脸
你眯起眼睛与我说话
我脑子里的辣椒树
也在说话
樟树镇在说话
阳雀飞过来飞过去
翅膀摩擦空气的声音
略有些嘈杂
有人抱住了
曾立宇的虎背熊腰
宇鳖宇鳖
我要吃你的辣椒
我与周鑫蹲在黄土坡上
我们迷上了辣椒树下
那一小片荫凉
辣椒需要安静地生长
我们蹲在樟树镇
一蹲就是半天
像温良的少年

我水淋淋的脸
需要更多的雨水

2017 年 4 月 13 日

苔藓

阳光灿烂
我想到你
身体里的苔藓
它长在看不见的地方
但就在你身体里
阳光越灿烂
苔藓躲得越深
你的羞涩
与你的美
全集中于那一块
阴湿的苔藓
夜晚欢愉时
你偷偷抚摸它
流泪时
你撩开衣服
伸出舌尖
轻轻舔它
糖果味道
你像一只蜥蜴
爱上了
我看不见的苔藓

2017 年 4 月 14 日

帆船
——给李犁兄

我们坐在船上吃饭
一队帆船
突然出现在湖面
这是在太湖
鸥鸟稀少
也就三五只
我们一群人
这些年吃饭倒在其次
说话
密集的说话
惊讶的语气
成了每个人的日常
而沉默的李犁
他坐在人群中
像湖面突然出现的帆船
他铁丝一样的头发
他的长脸
像极了太湖上
从天而降的帆船
四月的水面
在我们这条机船外

静止为一面巨大的镜子
一队帆船
渐渐消失
像李犁在太湖的中午
照镜子

2017 年 4 月 17 日

海宁救熄会

古运河流在
一户人家的门前
门敞开着
屋里一张木桌
木桌上有鱼
有豆腐
有青色蚕豆
木桌边坐着两位老人
爷爷停下筷子看我
奶奶埋头扒碗里
的白米饭
而对门是
海宁救熄会旧址
民国的繁体字
高高悬在门楣
古运河
需要人从屋里冲出来
扑灭这墨绿的火

2017年4月18日

梅妻鹤子

开笼纵鹤
我的朋友
欢迎你来栗山看我
中国男人谁不向往
梅妻鹤子的生活
明月照临
羽毛一根根
清晰如流水
我渐渐消瘦
多余的脂肪
在清风的吹拂下
释放出前半生
积攒的热量
抱鹤
去栗山散步
天地的重心
倾向于我的后半生
我在梅树下淋浴更衣
等待你
经过漫长的路程
进入我栗山的视线

2017 年 4 月 19 日

大海告诉我

没有人告诉我
去朝鲜半岛还有多远
海豚何时冒出水面
它哭泣时嘴唇
露出弯弯的微笑
大海的婴儿
何时来与我相见
一九八九年八月
黄岛大火之后
我坐着轮渡登上岛
听见海豚的叫声
像海着火了
大海告诉我
它有深深的伤口

2017年4月20日

海洋改变人类

信号山上我听见

鸥鸟的叫声

我辨认不出

是不是青岛女人的声音

她们的骨骼发育太快

我需要调整

观察青岛的角度

需要捏一捏高大的树身

才能找到青岛女孩

生长的秘密

海洋改变了人类

青岛改变了

女人的身材

她们出生于大海

成为鱼类中

天生的尤物

2017年4月21日

德牧永享年壽
詩悅動履規繩

丁酉雲山翁於北京華

水兵俱乐部

德国人走了后
这里经历过的事
没有记录
现在留下的东西
大部分不是
水兵们的
洗手间小便池上方
悬挂的美国明星
性感的大嘴
对着每一个
来此欢乐的人笑
我们陆续挤进来
拉下裤子
抖动片刻
又返回大厅
那里正在朗诵
没有人扮演
德国水兵
我们是自己的水兵
驾驶着一座

胯下的潜水艇
走上舞台

2017 年 4 月 23 日

下午的事

我睡在床上
窗外是河
河边是树
树上是鸟
一只鸟的喉咙
发射出连珠炮
一只鸟在呕吐
吐了一地叶子
无数只鸟
在我脸上
把羽毛撕碎
红色的趾爪
站立桃花潭
随后
没完没了叫醒
一个无法入睡的人

2017 年 4 月 24 日

桃青李白

沿着小山坡
我们去
桃青李白的山南
去年的旧灯笼
挂在菜园门口
拉锯的男人
敞开上衣
木头
这致命的硬物
夹在他的裆部
我们随着
桃青李白的节奏
配合着用劲
这次来桃花潭
我想把老街
倒塌的
房子修复

2017 年 4 月 25 日

鸡叫鸟叫

早晨六点
桃花潭水开始点火了
一声鸡叫
拉腔拉调
此鸡只有桃花潭才有
它在点火
接着是唧唧咕咕的鸟叫
它们是一群小孩子
大鸟懒得叫
小鸟勤劳又善良
它们要坚持一整天
把桃花潭水
一直拨亮

2017 年 4 月 25 日

小镇邮局

绿色邮筒立在门口
三面青山
层层叠叠
柜台后面的姑娘
她有一张白净的脸
手指清晰可见
拐一个弯
出现一座石桥
桥下的流水
另一个人的生命
就这样日夜消耗
我来桃花潭住一晚
第二天离开
到小镇邮局
寄一封信给你
你会收到一个深潭

2017年4月25日

左宗棠

左公
今天我们在柳庄
大摆筵席
锣鼓喧天
艳阳高照
我对着一棵柳树下跪
大叫中堂大人
请回家吃辣椒
有人把你当作
成功逆袭的典范
我把你当作一棵柳树
我们都是故乡
法华古寺的俗家弟子
可惜无缘相见
据你的朋友
刘体仁讲——
文襄善啖而好谈
入座则杯盘狼藉
遇大块用手擘开
恣意笑乐
议论风生

旁若无人
偶与辩胜
张目而视
若将搏噬之状
在柳庄
我追着你的魂魄
要喝酒
左公呀
我们用辣椒下酒

2017 年 4 月 28 日

牛犊

我去后山父母的墓地
黄牛站在竹叶小路上
它不久前生下牛犊
这位母亲
鼻子上系着
一根麻绳
嘴只够到半桶水
它警惕地避让我
我们都是胆怯的
从哥哥发来的视频
我观看了
它生产的全过程
牛犊挣扎
四蹄艰难站立
它一遍遍舔着自己的孩子
瘦小虚弱的牛犊
像小时候多病的我
我带着一群外地人回来
阳光照着这一对母子
它护着小牛犊
我蹲下来想靠近它

我们的心在颤抖

妈妈,让我抱着你

我看见它怜爱的眼神

这是我所熟悉的

我惊讶它眼睛下

有一道闪亮的泪痕

小牛犊胆怯地站在身边

任由母亲把头抵在

自己的脖子上

我曾经也这样

依偎在妈妈怀里

2017 年 4 月 29 日

英德茶场

从韶关去赣州的车上
我一路昏睡
隐约听到
某人曾经在
英德茶场工作
天空下
有一个茶场
某人头戴斗笠
与一群女知青
有说有笑
他们那时
处于青春期
种茶拔草
你们是在劳动
还是在茶园嬉戏游玩
也许还发生了爱情
那个年代的爱情
发生了
又不为人知
茶场的生活
已经无从叙述

那个茶园
在哪座山上
某人是谁
我也并不确定

2017 年 4 月 29 日

丹霞山

我从丹霞山下跑过
红色的山体
裸露在我面前
但我并没有
被它灼伤
它灼伤过
爱它的人
我远远跑过
像一只狐狸
被丹霞山照得
通红的狐狸
动作敏捷
快点跑过丹霞山
西边的太阳
追随爱它的人
太阳落山
我已经逃过
一座又一座丹霞山

2017年4月29日

消失的人

我到达时
屋顶上橘黄的夕阳
正收紧赣州最后的云彩
第二天我去城里走动
希望能与我爷爷
的哥哥相遇
他消失于民国十一年
再也没有回来
周氏族谱里
他葬于赣州
我们无法找到他
九十五年过去了
甚至很少有人提起他
他已经消失
我到达这里
他并未出现
我爬上赣州宾馆楼顶
云霞涌动
明天有雨
我也将迅速离开

像爷爷的哥哥
消失在赣州的某个方向

2017 年 4 月 30 日

周敦颐

在赣州
北宋的人
一个个浮现
他们眉新目秀
服饰洁净
帽子戴得端正
胡须一根根
清晰如流水
我认定他们
每天梳理胡须
坐在铜镜前讲话
诚为五常之本
百行之源
周敦颐在赣州
写下《爱莲说》
我洗脸梳头
按照理学
生活三天

2017年4月30日

新赣南月刊

七个城门
江水攻打进来
又退回去
渔船上悬挂
两排干鱼
它们无欲无求
到底犯了什么罪
才如此开膛剖肚
新赣南家训
都是一些
起床刷牙之类
生活常识
我不愿议论
别人的家事
城墙边的木屋
窗口桌子的玻璃下
压着蒋孝严先生
的手书：赣州忆母
行署专员死了多年
新生活运动

留下一只
蓝花搪瓷脸盆

2017 年 5 月 1 日

建春门

我的朋友李建春
你今天如果站在
赣州建春门下
该是天造地设的场景
雨后
河水又涨高一寸
你又长胖了
坐在墙根下的人
他守着一筐
甜蜜的雪片糕
敲打铁片的妇女
在叫卖麦芽糖
河流北上
北宋的味口
在树荫下流传
告别建春门
我沿江步行
至经国先生故居
再上郁孤台
至广东会馆
我到宋城一游

就此结束
而李建春
你并不知道
我到过这里
我吃了麦芽糖
牙齿宋砖一样
上下粘紧

2017 年 5 月 2 日

干鱼

在赣州的河上
见到它们
我大吃一惊
大鱼剖肚
用竹签撑开
挂在船头示众
小鱼有完整的肉身
嘴巴张着
眼睛圆睁
但已经干枯金黄
它们经过了
怎样的折磨
才从江水里回到岸上
浮桥在我脚下晃荡
桥上卖干鱼的小贩
他们蹲在那里
看河水日夜流淌

2017年5月3日

大河

一条大河
滚滚东流
这样的场景
我见过很多
某年某日早晨
我在湘江边跑步
发现一具尸体
在江水里浮动
最近我在赣州
看到河上干鱼
迎风招展
我没有过
水中的生活
站在岸边
看一会儿就离开
好像害怕大河
将我带走

2017年5月5日

自有山河壯
還依禮樂淳

丁酉夏栗山碧沼書

周瑟瑟

生于湖南,现居北京。
小说家、诗人、文化评论人。
曾获得2009年中国最有影响力十大诗人、2014年国际最佳诗人、2015年中国杰出诗人、第五届中国桂冠诗歌奖(2016)、《北京文学》2015—2016年度诗歌奖等。
主编《卡丘》诗刊,创办栗山诗会、栗山诗歌奖与卡丘?沃伦诗歌奖。

代表作品

诗集
《松树下》
《17年:周瑟瑟诗选》
《栗山》
《暴雨将至》

长篇小说
《暧昧大街》
《苹果》
《中关村的乌鸦》

电视连续剧
《中国兄弟连》

犀　牛——周瑟瑟诗选 1985—2017

出 品 人｜续小强　　选题策划｜刘文飞　　责任编辑｜刘文飞
复　　审｜陈学清　　终　　审｜古卫红　　助理编辑｜赵　雪
书籍设计｜张永文　　印装监制｜巩　璠
项目运营｜有度文化·刘文飞工作室
投稿邮箱｜liuwenfei0223@163.com
微　　博｜http://weibo.com/liuwenfei0223　　微信公众号｜txsk2013_